莫奈的两大悔恨

Michel Bernard

［法］米歇尔·贝纳尔 / 著

黄雅琴 / 译

海天出版社（中国·深圳）

图书在版编目（CIP）数据

莫奈的两大悔恨 /（法）米歇尔·贝纳尔著；黄雅琴译. —— 深圳：海天出版社，2018.6
（左岸译丛）
ISBN 978-7-5507-2338-2

Ⅰ. ①莫… Ⅱ. ①米… ②黄… Ⅲ. ①纪实文学－法国－现代 Ⅳ. ①I565.55

中国版本图书馆CIP数据核字(2018)第022900号

版权登记号　　图字：19-2017-096号
Deux remords de Claude Monet
Michel Bernard
© Éditions de La Table Ronde, Paris, 2016

莫奈的两大悔恨
MONAI DE LIANG DA HUIHEN

出 品 人　聂雄前
责任编辑　林凌珠　岑诗楠　李尧
责任校对　刘翠文
责任技编　梁立新
封面设计　知行格致

出版发行　海天出版社
地　　址　深圳市彩田南路海天综合大厦（518033）
网　　址　www.htph.com.cn
订购电话　0755-83460239（邮购）　83460397（批发）
设计制作　深圳市龙瀚文化传播有限公司　0755-33133493
印　　刷　深圳市华信图文印务有限公司
开　　本　787mm×1092mm　1/32
印　　张　7.625
字　　数　120千
版　　次　2018年6月第1版
印　　次　2018年6月第1次
定　　价　45.00元

海天版图书版权所有，侵权必究。
海天版图书凡有印装质量问题，请随时向承印厂调换。

目 录

弗雷德里克……………………………1

卡米耶……………………………41

克洛德……………………………177

Jean Frédéric Bazille

弗雷德里克

自画像(弗雷德里克·巴齐耶)

弗雷德里克

1870年12月6日圣尼古拉节，一个高个男子身心疲惫地走进博恩拉罗朗德镇①，身上剪裁精良的外套溅满了泥垢。夜幕降临，大雪纷飞。加斯东·巴齐耶赶了两天的路，他在蒙彼利埃搭上火车，前一天在济安②火车站下车，穿越了部队驻地。就在一周前，城头上演了一场大战。经历了色当溃败和皇帝被俘之后，年轻的共和国政府在卢瓦尔河上集结人马，试图就地阻截德国军队的推进，并打开缺口，解除巴黎被围三月之苦。此役还是败了，横尸遍野，阵地又落入了普鲁士军队的手中。

这位旅人从济安出发，经奥尔良森林，穿过在冬天愈发萧索的加蒂奈地区。成群的乌鸦和寒鸦在放羊的牧场和灌木丛之间徘徊，他只碰上了散兵游勇：掉队的士兵，在摸索吃食和值钱东西的小偷和

---
① 法国卢瓦雷省市镇。
② 法国卢瓦雷省市镇。

逃兵，负伤的士兵，没有参战、列队整齐的部队，又集结起来的人马，还有巡逻队、哨兵。头一天，他在贝勒加尔德①本堂神甫副手的家里借宿了一宿，这个50岁男人的得体打扮令神甫颇有好感，还有，他风尘仆仆身犯险境的举动也令人动容。第二天一大早，他再次踏上旅途前往博恩，留宿的主人告诉他，将要经过的奥尔梅村会有大量法国伤兵被弃之不顾留给了敌军。好心的村民已在尽力帮助那些不幸的人。在一个被洗劫过的房间里，有个人躺在谷仓脏兮兮的稻草上。那人在找他的儿子——佐阿夫②三团先行官。他问遍了身穿红色灯笼裤、盘花纽扣刺绣短上衣和头戴小圆帽的士兵，终于找到一个认识他儿子的人。这个年轻的中尉告诉他，大个子巴齐耶和指挥部队的阿马尼亚克上尉同一时间负了伤，既然他人不在此处，那或许已成了普鲁士人的俘虏。

从战友口中得到的消息坐实了宪兵队捎回蒙彼

---

① 法国东部安省市镇。
② 创建于1830年的法国轻步兵团，由阿尔及利亚人组成。

利埃的口信,重新燃起了他的希望,给了他勇气和动力。他向博恩进发,浑身冻僵了,手握旅行袋,大风掀起礼服的下摆,差点吹跑了帽子,还好他和士兵一样用手绢裹住了脑袋。每次遇见普鲁士的巡逻队,加斯东·巴齐耶都会表明他是在找儿子,他的儿子在战斗中受了伤。要让别人听懂他的话很是吃力,但他的忧虑和疲态,他习惯性的命令语气和威严的神态充满了说服力。带头的每次都给他放行。碰上哨卡,他会被带到会说法语的长官那里,给出解释之后便能拿到通行证。当天晚上,他进入了敌军控制的博恩拉罗朗德。他记起今天是儿子的生日。1870年12月6日,他该有29岁了。

贝勒加尔德本堂神甫的副手为他写了一封介绍信,交给博恩的神甫奥古斯丁·布达尔,后者热情地接待了他,和他一同分享热汤,并将背靠壁炉的位子让给他。饭前祝祷是在两个宗教中都有的仪式,事关国殇的交流拉近了两人的距离,尽管一个是卢瓦尔河地区的教士,一个是朗格多克的新教徒。他在本堂神甫的家里过夜。第二天一早,神甫将他引荐给了科尔奈修道院院长，院长曾在阿尔萨斯进修，能说一口德语。手握占领者颁发的安全通行证，两人能畅通无阻地进入战场。但暂时关押、等待转押至普鲁士的战俘中没有儿子的身影，救助战俘的救护车里没有儿子的身影，即使是战俘名单上也找不到弗雷德里克·巴齐耶的名字。再热切的期盼也是希望渺茫，但就算死了，也要找到尸体。战役结束后的第二天，普鲁士人允许小城居民抬走伤兵，照顾垂死者。他们还征调工人就地掩埋尸体。修道院院长想起来曾为佐阿夫士兵的公共墓地祝圣，遗体中有个少尉，一个英俊的年轻人，之所以会留意到他是因为他长得很高，而这个旅人正在寻找一名低级士官。

这处平原位于博恩以西，墓地围墙前一派惨淡的景象。炭黑色的苍穹下，东西七零八落地丢在雪地上——折断的武器、破裂的战鼓、染血的军帽、水壶、饭盒——尸横遍野。加斯东·巴齐耶认出了法军的装备，军事杂志和回城休假的军人让驻军城市的居民对此都已很熟悉。大雪掩埋了部分战场，反衬得裸露在外的更显凄凉，铅灰色的大地上是一团团黑色物体。修道院院长找来两个掘墓人，一个叫阿洛，一个叫图森。加斯东·巴齐耶承诺会支付四十法郎，他们所要做的就是掘开坟墓，而昨晚他们还被迫埋了尸体。两人用铁锹铲开结了冰花的泥土，院长帮忙拔掉坟头草草制成的木十字架。两个临时拉来的劳力一直往下挖，直到蓝色的军服和红色的军裤重见天日。两人的动作小心翼翼，避免手中的工具会磕伤死去士兵的双手和头颅，尸体未经包裹就就地掩埋了。

终于见到了院长口中那个高大的佐阿夫士兵。严寒倒是让遗体保存完好。掘墓人丢开铁锹，徒手抓住双腿和双肩，抬起尸体，轻轻放在墓边。天色黯淡，少尉簇新的臂章在黑色的身影中折射出异样的金光。身上的两处污迹因为霜冻变得更加显眼，鲜血染透了军服：衣袖上有个弹洞，军帽和衬衫上的纽扣崩掉了，致命伤在腹部。褐色的胡须挂着腐植土。士兵死后没人给他合上眼睛，在这张大理石般的脸上，那无神的双眼望向天空。落上泥土的眼珠和父亲一样蓝。死者和生者的相似显而易见。加斯东·巴齐耶扑通跪在地上，另外三人站在一旁。父亲抓起儿子的右手，俯身吻下去。他强忍住哭泣。两个来帮忙的大老粗在过去一周中虽然见多了这样的场面，此刻也落了泪，他们感到意外，但也释怀了。

尸体被搬上平板车，盖好雨布，拉回博恩。他脚上的袜子穿得乱七八糟，因为靴子被人扒走了，探出平板车的双脚随着路面颠簸晃晃悠悠。父亲一言不发跟在后面，帽子攥在手里。天气寒冷，雪又开始下了。边上的修道院院长不确定是否该为死去的胡格诺信徒念上几段经文，于是时不时地嘀咕几句两种宗教里都有的经文："我们在天上的父，愿你的名被尊为圣，愿你的国来临，愿你的旨意行在地上……救我们脱离凶恶。"弗雷德里克的遗体被安置在本堂神甫的屋内，父亲坚持要守灵，最终在椅子上沉沉睡去，神甫为他盖上毯子，替他守下去。

在此期间，院长成功说服教区中一个善良的木匠，让他赶制出一具棺木，用于运送年轻士官的遗体。普鲁士人搜刮了城中所有的木板，木匠只能用做饼干盒的小木板拼凑出一副。高大的遗体被放进棺材，并用干草填满空隙。加斯东·巴齐耶协助木匠钉上棺材盖。城里一匹马都没有，连拉车的骡子和牛也找不到。院长再次出马，让菜农把平板车卖给父亲：他的儿子，一个年轻的士官，从法国南部来到这里，最后战死在城头。第二天天一放亮，加斯东·巴齐耶推着平板车打南门离开了博恩拉罗朗德，他扶住车把手，用力往前推，木板嘎吱作响，存放遗体的棺材被牢牢固定在车上。

好久没有经历过这样的严冬了。故事总是相似的，战争和大雪，寒冰如影随形，似是为了渲染人类的暴行。身穿礼服、头戴礼帽的男人推着丧车，沿卢瓦雷公路赶了整整五天的路，到了济安才得知，鉴于敌军动向不明，火车不再经过这里。他只得前往伊苏丹镇，那里才有火车运送棺材。这位蒙彼利埃的贵族还要推着平板车多走上一百五十公里。他要穿过索洛涅和贝里，有客栈的话就住上一晚，没有的话只能在谷仓将就，他从没走过这么长的路。那双手因为推车上山，下坡扶车，拉紧棺木的绳结而发红变粗,变得和葡萄园里农夫的手如出一辙,而手上戴着的皮手套也已开裂。偶尔会在村与村之间的路上碰见流浪汉,看在优厚报酬的份上,流浪汉乐意帮他一起推车。路人看见这个有钱人和穷汉的组合并没有流露出多少讶异的神色。战争期间,这种场景并不鲜见。

前一天晚上,他抵达赫伊下辖的伊苏丹,那算是一个重镇了。爱国情绪高涨的农民草木皆兵,带上木棍,冲进他正在用餐的客栈,把他带到镇政府。镇长把他当间谍来盘问。一番抗议之后,他还是打开了棺材。身穿法国军服,满是泥浆和血污的遗体映入热心民众的眼帘,他们能看出生者与死者容貌上的肖似,不由愧疚万分,或表达歉意,或出手相助。加斯东·巴齐耶拒绝了,连同镇长邀请他共进晚餐的提议。

将他带回蒙彼利埃的火车缓慢前行,平民和军人把车厢塞得满满当当。尽管天寒料峭,还下了雪,乘客多到有人只能站在火车的踏脚板和保险杠上。那都是带上菜篮去赶集的农民和农场主,每周

雪地上的火车（莫奈）

一次，不管打不打仗。火车站站长心生同情，下令将这个巨大的木盒固定在水车车厢后面，这一路的颠簸让棺木有了裂缝。

目前的局势，敌军已进犯至诺曼底海岸线，兵临卢瓦尔河沿岸，对首都虎视眈眈。共和国政权只能以图尔为桥头堡，龟缩于波尔多地区，再没有什么事能让人一惊一乍。一边是小市民的畏缩和算计，一边是公民为国捐躯的请愿和爱国者群情激昂的表态。战死士兵的父亲断然分开惺惺作态、虚张声势的人群。在各式各样的军服中,他一眼认出了一名受伤的佐阿夫军官,军帽上标有数字3,那是弗雷德里克所在的团。没法再上战场的阿马尼亚克上尉要返回驻扎在蒙彼利埃的兵站。两人被挤到车厢的角落里,周围挤满了战时的乘客,窗外掠过法国腹地的冬季景色,他终于知道儿子所在军团是在何种情况下加入战斗,儿子是如何受了致命伤。

回到蒙彼利埃两天后,弗雷德里克被安葬在新教徒的墓地中。在教堂举行的葬礼允许天主教徒参加,他们也汇入了送葬的队伍。遗体再次被埋入地下,换成了配有黄铜把手的橡木棺材,光可鉴人。家人齐聚在墓坑前,父亲和母亲身形挺拔,面色平静,沉浸在哀痛中,亲友和市府代表围在身旁。在这场不幸的战争中,战死沙场的贵族孩子寥寥可数。大家知道巴齐耶的儿子在普鲁士入侵伊始就应征入伍了,但他先前没服过兵役。他抽到签要服七年兵役,父亲按照有钱家庭的做法,花钱找人替了他。大家一遍又一遍地表示,他是自愿参军的,还要求加入佐阿夫军团,这支精英部队一贯冲锋在前。就在战斗打响的前一天,他被任命为少尉,奉命带兵突击,也因此送了命。

没人强迫他上战场。所有人都抱有同样的念头,他们眼见棺木缓缓地沉入洞开的长方形墓穴,12月的惨淡阳光反射在棺盖上。作孽啊!在地中海太阳的照耀下,柏树、丧礼的灯笼和墓地围墙上方融为一体。他们特意为画家弗雷德里克·巴齐耶种上了加蒂奈平原特有的桤木,佐阿夫第三团的战友们长眠在了那里。过了几天,仆人烧掉了博恩木匠制作的单薄棺材。几个月后,当战事结束,家人寄了一幅弗雷德里克的画作送给小镇上的神甫和教区居民,他们在战火纷飞的圣尼古拉之夜给予加斯东·巴齐耶的帮助,在他心中留下了一份温暖的回忆,这是他人生中最刻骨铭心的一周。画作其实是临摹了委罗内塞的《圣凯瑟琳的神秘婚礼》。青年人想要练练手,趁着假期在蒙彼利埃的法布尔博物馆完成了习作。神甫将这幅色彩鲜艳的油画悬挂在教堂内,并做了一场弥撒,悼念去年冬天死在城下的青年。

就在一年前,1870年的夏天,弗雷德里克·巴齐耶离开了美术街上的画室,告别了巴黎的朋友,返回蒙彼利埃的家中过暑假。自从来到巴黎求学之后每年都如此。他遵从父亲的心愿打算完成医学学业,其实是为了全心全意投入心爱的绘画事业。天刚变热,全家人就离开城中心的宅邸,到东北角数公里之外的梅里克葡萄园避暑,站在露台上可以俯瞰莱兹河谷和周边村庄。弗雷德里克很高兴能回到故乡,百里香的干爽气息、薰衣草的芳香、黄杨木的苦涩,还有震耳欲聋的蝉叫。他细细端详植物的烟灰色和黑色,有植物生长的岩石拥有迷人的褶皱纹理。他端详清晨天空近乎发白的蓝色、晕染了近海的绿色、绵延的葡萄树勾勒出天际线——这些葡萄树是遵照父亲的命令种植的。

弗雷德里克重拾儿时的习惯,早早起床,先是逛了花园,看一看钟爱的草木,花园位于葡萄园尽头,再往后就是平原了。之后回到厨房,接过厨娘加了糖的热乎乎的咖啡。他把手肘搁在碗橱上,站着一边和厨娘聊天,一边小口喝有点烫嘴的咖啡。他走到户外,在栗树树荫下喝完了咖啡。晨曦中的露台栏杆还算凉快,他坐在那里,看到下方的父亲和葡萄园经理,两人正在研究葡萄的长势,制订当天的工作计划。他们身处葡萄园,就像在汪洋大海中游泳。弗雷德里克在餐厅中见到了母亲,和她一同享用早餐,聊一聊家人和朋友,还有蒙彼利埃和巴黎的艺术活动。

这样的气候,这样的景致,他感到可以释放天性,和世界建立起亲密的联系。他最好的作品以及和他本人最相似的作品都是在蒙彼利埃完成的。光线,他在巴黎提过这个词,当他和画室伙伴,和朋友莫奈、雷诺阿、西斯莱谈论绘画时,这两个字表达了他想要抓住并且在画布上体现出来的东西,这是他和伙伴的目的。而在蒙彼利埃,"光线"有了意义,有了实质。他感到自己的血液中似乎融合了南部的阳光。他的皮肤热爱阳光。回到儿时的卧室,整理完行李箱,"咔嗒"两声打开墙上的两扇百叶窗,没过两天,他的皮肤就晒成了褐色。他应该还

夏潘帝雅夫人和她的孩子们（雷诺阿）

有其他所爱，或许更别致、更灵动、更细腻，但光线于他而言是熨帖的、精确的、严谨的，如同宗教之于他的祖先。光线不会骗人，它会说出事物的真相。他敢肯定，世界上没有一个地方比朗格多克阳光下的此处更让他如鱼得水。

父亲最终妥协了，弗雷德里克可以放弃医学，全身心地追求绘画事业。父亲毕业于国立农学院，

弗雷德里克

祖先都是有口皆碑的手艺人,在他眼中,弗雷德里克前途未卜,但才华有目共睹,他欣赏儿子的勤勉和执着。儿子继承了他的血脉,从儿子身上能看到旺盛的生命力,如同长在石头地里的葡萄树。树根必须深入粗砺的泥土,寻找水源和养分,这样结出的葡萄颗颗都是精华——健康、浓郁,酿造出的葡萄酒拥有令人惊艳的复杂口感,果香甚至能盖过酒香。幼子初试身手,媒体就对他的画作一番赞扬,

马尔利港口的洪水(西斯莱)

加斯东·巴齐耶不用看这些也知道儿子是个有天分、有前途的艺术家。完成于1867年夏天的《家庭聚会》得到了画上所有人——父母亲、叔叔阿姨、兄弟姐妹和表亲的喜爱。画家捕捉到了每个人的神韵，因为这些都是他从孩提时代就爱着的亲友。就像家乡那些熟悉的草木，亲人的关爱伴随他成长，并且在这幅浑然天成的画作中铺展蔓延。

加斯东·巴齐耶侧坐画布中央，衣着老派，瘦长的脸冷峻严肃，但他是最生动的。只有他的双眼没有看向画家，就好像儿子在表达爱意之际也在刻意逃避父亲的目光。弗雷德里克细致描绘出了父亲的脸、上身和双腿，他看向田野、葡萄园，那是他的心血，这片肥沃的土地在他井井有条的管理之下滋养并确保了家族和家乡的未来。土地烙上了他所思所想的印记，承载了他长久以来的记忆。

对宗教的虔敬和对家族的责任也经由画作体现出来，这是画家刻意而为，显然讨得了加斯东·巴齐耶的欢心。不过，比起画中的人物形象，那棵栗树更是击中了他的心，茂盛的枝干为大家带来树荫

家庭聚会（弗雷德里克）

和凉爽,是他在弗雷德里克出生那年亲手种下的,还算是棵小树呢!他还中意那棵雪松,枝干探向远方,融入青色的天空。这两棵树画得心思巧妙,它们连接起了土地和天空,低声颂扬自然的善意、自然和人类的友谊。上帝就在那里。

加斯东·巴齐耶在蒙彼利埃的公寓中吃完丧礼的晚饭,返回梅里克的房子,想再看一看挂在客厅墙上的《家庭聚会》。羞怯的大男孩低调地出现在了画布最左侧,叔叔欧仁抽着雪茄站在他前面。一米八四的侄子至少比叔叔高过了一个头。那是他:浅褐色的胡子,宽阔的脑门,犹疑的脸部线条几乎模糊了,更加反衬出灼热的目光。画作完成已有三年,弗雷德里克是唯一的缺席者。然而,正是他将这一切,将男男女女和树木联结起来,定格在某个瞬间,就像保存在琥珀中的动物印记和蕨类植物。色彩鲜明的画布上,情感的轨迹会延续下去,即使所有人都不在了。还有花园、精心打理得如同花园的田野,加斯东·巴齐耶毕生的心血都凝结在了战死的儿子的作品中。他为画盖上罩布,关好客厅的百叶窗，锁上门。夏天之前他不会再回来了。想到明年的夏天没有了弗雷德里克，想到这是没有他的第一个夏天，似乎有根针扎进了心脏。他刚刚惦记起了妻子。

1870年的夏季是他和弗雷德里克在葡萄园度过的最后时光，堪称灾难。7月19日，那个腐朽自大的政权对普鲁士宣战，希冀用青年人的血换得返老还童，却把整个国家搞得天翻地覆。噩耗很快传来。法军在阿尔萨斯、洛林、维桑堡、沃埃尔、福尔巴克出师不利，普鲁士军队进犯法国，长驱直入巴黎。这促使弗雷德里克——温柔又爱做梦的弗雷德里克——决定投笔从戎。他也觉得这场战争愚蠢之极，同样愚蠢的还有这苟延残喘的政权、野心勃勃还眷恋着帝国辉煌的将军们。战败和入侵改变了一切。法国受伤了，他的故土在受苦受难，他有必须履行的义务。

8月10日，弗罗埃斯克维莱失守四天后，来到蒙彼利埃征兵办，同意在战争期间加入佐阿夫第三团。母亲哀求儿子不要参军，在她口中这就是一种疯狂，但无济于事，他什么都不想知道。父亲没有真正反对过。他的行为举止要符合他的地位和年龄，但父亲建议儿子可以加入护理队，因为他学过医；可既然他执意参战，那也可以成为骑兵或炮兵，或加入技术部队，他在那里能更好地发挥才能。加斯东·巴齐耶指望着等新兵接受完训练，一纸停战协议能终结战争，这样既保全了儿子的性命也维护了他的声誉。没有用，弗雷德里克坚持加入佐阿夫团，他要手握长枪尽快奔赴前线。

8月20日，他来到阿尔及利亚——部队驻地。头顶非洲的烈日，他学会了军人这份职业的入门技能，五周后返回蒙彼利埃。部队将在那里整装待发，开赴冬季战场。两周前成立的共和国政府仓皇凑出一支军队，想要支援和解放巴黎。他可以再见见双亲，最后品味一次梅里克秋季的韵味。佐阿夫团的军服与众不同：蓬蓬的短裤、肋形胸饰的背心、饰有绒球的小圆帽、大量使用红蓝两色的面料。在梅里克葡萄园的露台上，这一身装扮在男士的黑衣和女士鲜嫩的裙装之间起到了过渡作用。在蒙彼利埃城里,他步履坚定地分开人流,戴上别致帽子的脑袋在南部民众中鹤立鸡群。人们议论纷纷:"看见了吧,那是巴齐耶的儿子,搞画画的,他跑去巴黎学医没成,做父亲的可失望了。现在怎么说!"过去的弗雷德里克蜕变成了另一个人。他的脸庞和过完夏天的农夫一样晒成了古铜色,充满东方情调的圆帽缀了小绒球,随着青年的步伐微微摆动。清瘦的脸颊,棱角分明,赋予了他坚毅甚至凶悍的神情,可见到熟人时露出的笑容又让他显得铁汉柔情。人们对他又爱又怜,怜惜他、他的双亲、法国,还有这个时代。

巴黎被围,炮火纷飞,居民在忍饥挨饿,这突如其来的爱国热情搅动了整个国家,带来了骚动和激情。局势堪忧。接受了新兵速成培训的战士回家讲述了兵营糟糕的环境,还有歪瓜裂枣的战友——大多数人都是惯犯、坏小子——家人听了忧心忡忡。父亲打算动用人脉将他调往其他部队,但弗雷德里克宣称要和战友共同进退。他还表示,在这些可怜可恨的家伙中间,也有人意志坚强,比起躲在家中等待事态发展的有钱人,他们好多了。没人提议在他出发前去次照相馆,或许是忌讳吧!可这终将成为一个遗憾。

在梅里克度过的假期,那是一段阳光明媚的日子,崭新的清晨如同掉落在露台上的新鲜栗子。它们挣脱了壳斗,连同叶子落到地上,光洁的外表宛如珠宝,熠熠生辉,搅动了画家内心的波澜。他尝试画下这些栗子,想象了所需的色彩,还有坚实的白色笔触。肯定很难做到。莫奈知道秘诀。弗雷德里克细细端详掌心的金棕色小球,在指尖来回滚动。完美无缺的果实,讨喜的外观,柔滑的触感,可到了圣诞节就变得又黑又干,来年会化为尘土,又结出新的果实。

周六晚上,弗雷德里克从兵营回到家中,袖子上的臂章金灿灿的。他晋升为中士了。10月的炉火烧的是葡萄藤和栗木,站在壁炉前,臂章在上衣海蓝色的映衬下绚烂得如同火焰。战友亲切地把这位高个子唤作"巴佐什",穿上军装的他令人肃然起敬。若是莫奈或雷诺阿看见了,准会让他当模特。

莫奈就为他的表兄弟做过，在非洲轻骑兵军团服役的他当时正好在勒阿弗尔休假。莫奈一直随身带着这幅小画，巴齐耶记得。他也画过穿军装的亲戚，那是嫂嫂的兄弟，阿尔丰斯·蒂斯埃，一名重骑兵。8月，他所在的兵团在雷克索方①，在阿尔萨斯的啤酒花田中发起进攻。他现今如何？弗雷德里克觉得自己无坚不摧，是有价值的。理性碰上这份信念不堪一击，在他眼中，信念和阿尔丰斯·蒂斯埃的盔甲一样有用。

回到卧室，弗雷德里克拉掉画上的盖布，8月离家前，他为没完成的画作盖上了罩布。《路得和波阿斯》②是为雨果的诗歌配的插图，充满张力、出人意表的画面令大作家爱不释手。老人打盹的雪松惟妙惟肖，原型就是露台前的那棵。画面的其余部分还需润色。去年夏天，他身在法国向往的东方景

---

① 法国下莱茵省市镇。
② 《圣经》故事。路得是大卫王的曾祖母，丈夫去世后，她追随婆婆返回伯利恒，在前夫族人波阿斯的田里与波阿斯的侍女一起拾遗穗而与波阿斯相爱，后来波阿斯以购赎者的身份娶了路得。

路得和波阿斯(弗雷德里克)

致,在去过阿尔及利亚之后就不一样了。假如战争会在他投入战斗之前结束,那参军的经历至少有点作用:让这幅画作更加真实。他要重现阿尔及利亚乡间夜色的线条和色彩,斯基克达①的夜空就差不多,每日的持枪操练结束后,他会漫步在乡野,而其他人则去喝咖啡或者逛窑子。这幅画参考了塞文山,又借鉴了弗罗芒坦和德拉克洛瓦笔下的沙漠。他画了水,就在那边,大量的水,还有成片的麦田,新

---

① 阿尔及利亚东北部城市。

月当空。他设想了油画背景需要做的修改，颜料的挑选，色彩的混合。他要使用大量的白色，而描绘朗格多克的景色则偏爱灰色。待到战争结束，他会继续的。罩布下面，这幅伟大的草图在等着他。

备战间隙，不在军营的时候，弗雷德里克享受自由时光，漫步在梅里克葡萄园周围的小径上。他又去了孩提时代常去的地方，那记忆层层叠叠的累积如同密不透风的石墙。夜晚降临，渐渐逼近葡萄园，他看见蒙彼利埃的灯火渐次点亮。眺望更远处，在池塘和大海的那边，他的目光流连于灯塔散发的光亮、落日的余晖还有初升月亮的银光。他沿着两边种植了法国梧桐的小径向上攀爬，最后，眼前出现了别墅的窗户，一个人影落在了厨房的灯光中。他在楼梯平台上擦干净高帮鞋，把小圆帽还有红蓝两色的斗篷挂上衣帽架，走到客厅角落，在母亲边上落座。他等待着晚餐开饭，耳边传来家人熙熙攘攘的喧闹声。他暗下承诺，以后要把这一切画下来。就像是一个洞穴，投射出黄铜色的光晕，而四周一片漆黑。

弗雷德里克在此期间收到了巴黎朋友的音讯，年轻画家们因为战争流落各地。加入重骑兵团的雷诺阿被派到波尔多训练战马。雷诺阿在应征入伍前还写信给弗雷德里克，让这位朋友别做参军的傻事。他在信里把弗雷德里克称作"天真汉"和"大老粗"。收信人看得直乐呵，弗雷德里克理解好友的热情还有生硬的柔情，似乎能听见雷诺阿劝解的话语。现在，雷诺阿也成了军人，还是骑兵呢。库尔贝、德加和马奈加入了巴黎的国民自卫军。莫奈离开诺曼底，前往英国，想要逃避兵役。至于塞尚，这人一向神神秘秘、冷冷淡淡的，没人知道他的确切消息。他应该也是躲了起来，可能是在普罗旺斯地区艾克斯的家里，距离蒙彼利埃并不远。还有西斯莱，他本是英国公民，能置身事外，他为自己的法国同学难过，也为法国伤心，他对于法国的爱至少和对祖国的相当，这份热爱涉及方方面面，特别是法国女人。

得知莫奈流亡在外，弗雷德里克并不感到惊讶。没有任何事情可以阻挠他画画，这个固执的家

舞蹈课(德加)

伙，色彩的疯子，骄傲、执着，坚信自己的双手还有命运。战争、他人的意见都不能阻挠他。弗雷德里克想象着他的朋友坐在泰晤士河边，在画布上面尽力复原出伦敦那不见天日、重重迷雾下的昏暗的波光。他或许从来没用过这么多的灰色颜料，这是英伦灰。弗雷德里克寻思着他是否会带上妻子卡米耶，还有教子小让，孩子今年有三岁了吧。在英国要如何生活呢？纷乱的战火在制造荒诞和悖论。

这群年轻画家成了形影不离的朋友。他们抛弃了学院派教习的束缚，抛弃了细腻、昏暗的乡间景色，不愿成为历史和神话题材的绘画机器。这个团体中只有莫奈参过军。那年他二十岁，在阿尔及利亚的骑兵部队服役了两年。那里的天气还有饮食让结实强壮的他也叫苦连天，他天生的诺曼底胃实在无法适应当地食物。一场来势汹汹的伤寒最终迫使他离开了军队。军营的艰苦生涯虽然不长，却在莫奈温柔的脾性中注入了罕有的镇定和耐力。弗雷德里克犹记得朋友的勇气和坚持，那是在临近巴比尔宗的夏耶，他们在枫丹白露森林里作画，莫奈为了保护一群孩子，被正在训练掷铁饼的英国学生误伤了。铁饼在腿上划出了一道很深的口子，弗雷德里克立马给予悉心照料。他惊讶于莫奈的忍痛能力，这一方面是因为莫奈身强体健，另一方面也是高傲在作祟。被砸得晕头转向的莫奈鲜血淋漓，他也想把英国学生打趴在地上。这位退役骑兵性格中铁汉的一面促使他成了这群年轻艺术家的领袖。1860年，莫奈在勒阿弗尔市政厅抽中服兵役的签，父亲奉劝他放弃："我出钱找人替你服兵役，既然你一心想当个画家，不要只在心里想想，找个好老师，然后考进美术学校。要不然，你就待在勒阿弗尔接手我的香料生意。"执拗而孤僻的儿子选择了拒绝，他不愿忍受学院派的教条和约束。为了和父亲作对，他还提前应征入伍，选择去了更远的驻扎地，成了非洲轻骑兵一团的一员。他现在和家人远隔重洋，用七年兵役让父亲碰了壁，资产阶级循规蹈矩的生活固然舒适安稳，但他宁愿面对海外执行任务可能带来的风险。至少，他想到，非洲的天空是画家的天空。他会变得更强，就像浪漫主义画家德拉克洛瓦。

勒阿弗尔的旧外港(莫奈)

勒阿弗尔码头(莫奈)

弗雷德里克在他选择加入佐阿夫团时想起了这一切。他做了和莫奈一样的事，他要去非洲证明自己的男子汉气概，还要丰富自己的眼界。在巴黎灰蒙蒙的四壁间，莫奈常常和他还有雷诺阿提起非洲大地上那无与伦比的耀眼光线。他是个追求轰轰烈烈的青年，同样也是爱国青年和画家，这三重身份都会做出同一个选择。如同先前的莫奈，现在的他要代替莫奈前往非洲。这一次，是他，是弗雷德里克·巴齐耶这个替代者将要离开父辈的庇护、海边、石灰质土地，套上红色灯笼裤和白色护腿套、腰间围上羊毛腰带、穿上蓝色外套、戴上茜红色的圆帽，奔赴战场。

巴齐耶中士和他的部队在10月底被派往法国东北部。部队沿罗讷河河谷而上，接着取道索恩河河谷，行军至贝藏松。他们在弗朗什-孔泰停留了一个月，在当地来回扫荡，没有碰上敌军。之后，巴赞元帅投降，围困在梅斯的五万士兵被擒，10月27日，敌军包围巴黎，想要一举夺下首都，尽快结束战斗。诸圣瞻礼节过后数天，佐阿夫三团急行奔赴勃艮第南部，共和国政权觉得剩余的兵力相当可观，要在那里集结起打散的兵力。沙尼镇边上，成百上千的帐篷散布在索恩河畔沙隆①以北的平原和高原上。载满了士兵的列车从东、南、西各方向汇聚到此处的铁路枢纽站。运来的部队没有大炮，没有战马，没有武器，帝国早在倒霉的夏季战役中就把家底糟蹋得所剩无几，根本来不及补给装备。弗雷德里克所在的佐阿夫军团人员齐整，还配备了鼓手和短笛手，士兵四人一行，由军官和士官分别打头阵和压队，弗雷德里克感觉自己就像是共和2年②的老兵，誓要把敌人赶出法国。他迫不及待地想投入战斗，他和所在的部队登上列车，连夜穿过莫尔万高原，沿卢瓦尔河行驶，11月20日到达了济安火车站。他的生命还有不到一周的时间。

驻扎在卢瓦尔河畔的共和国军队将领利用拿破仑三世一手缔建的铁路网络，仅仅三天时间就在

---

① 法国城市，属于勃艮第大区。
② 共和2年是指法国大革命后采用的共和新历，对应的是公历 1794年。

加蒂奈地区集结起十万大军，准备向北部的巴黎进军。普鲁士军队也在该地区集中了几个师的兵力，但现在为了避开法国军队的进攻，退避到巴黎公路沿线的村镇内，坚守阵地。巡逻小分队和零星的小规模冲突已让敌我双方知道了对方的确切位置。两军就等着一声令下，投入战斗。

弗雷德里克生平第一次感到初生牛犊不怕虎。战争中的所见所闻在这种情绪的刺激下变得更加鲜活。身处乱哄哄的军队，他看到了成批的战士在衣衫褴褛之下爆发出原始的力量。勃艮第的农民、铁路工人和炼钢工人，老人和妇女，都在鼓舞他们，给他们送去自家菜地里的蔬菜、自己过冬储备的蔬菜，有韭菜、白菜、土豆，还有鸡蛋和红酒。每天都有少年和老人自告奋勇，要求参军。敌人的侵略行径搅动了人们内心的爱国主义情怀，那些最朴实的人，他们不会算计，也几乎一无所有，却是最早行动起来表明自己爱国之情的人。人们从谷仓里面找出蹩脚的步枪，还有锈迹斑斑的马刀，这些都是拿破仑时代的遗物了。风烛残年的身躯又焕发出年富力强的生机，几乎洋溢着喜气。鉴于弗雷德里克的上司是名骁勇的职业军人,他对战争充满了信心。

11月27日,分发弹药,晚上,阿马尼亚克上尉召集手下的军官,传达他们团的作战目标,并且明确了每个人的任务。接着,在晚餐间隙——饭菜就像他们驻扎了一周的加蒂奈地区一样"贫乏"——上尉给大家的酒杯倒上了勃艮第红酒,庆贺弗雷德里克在当天晋升为少尉。上尉很赏识这个有钱人家的青年,他不仅勇敢,而且比看上去的更坚强。他懂得该如何和头脑简单的士兵沟通,也能找到合适的字眼来对付那些固执的榆木脑袋。他喜爱佐阿夫团的士兵,士兵也爱戴他。弗雷德里克是个出色的领袖。

11月28日,天还未破晓,佐阿夫三团的将士喝完热汤之后,冒着严寒向博恩进发。军队穿过农田,田地还没结冰,军鞋的鞋底沾满了泥浆。当传来第一声隆隆的炮响,他们奔跑着穿过农田和剪开的树篱。氤氲的红蓝两色充盈了冬日清晨的晦暗色调,阻击住步步紧逼的敌军。沉闷、干涩的鼓声断断续续,军号刺耳的声音似乎冲在了最前头,号召士兵一往无前。步枪开始扫射射程范围内四处窜逃的普鲁士士兵。过了奥尔姆村之后,进攻方在最后一道树障前面停下脚步,以此为掩体,躲避博恩拉罗朗德的占领者的袭击。他们的目标是攻占被普鲁士军改造成堡垒的公墓——就在前方不到五百米处。

本该用炮击在墙上轰开缺口,打乱敌人的防御,再命令军队一拥而上。可现在只能换个法子,要冒着敌人的炮火奔袭到墙角,翻墙而过,压制住敌军的火力。佐阿夫团的士兵跳入冰冷刺骨的马祖尔河,躲藏到桤木后面,最后眺望了一眼那个小城,屋顶和钟楼都很宁静。他们探究起公墓围墙上的每块石头,围墙后面看不见的普鲁士士兵严阵以待。一声令下,佐阿夫团一跃而出。

他们在无遮无掩的田野上狂奔,脚下坚硬的短草会在开春得到死尸的滋养。弗雷德里克扯着嗓门鼓舞手下,耳畔只有在冻土上奔跑的脚步声以及胸腔的喘息声,特别是自己的喘息声。奔跑引发的气喘吁吁在焦虑和兴奋的作用下越来越急,冷冽的空气刺激着肺部,连呼吸都变得有些疼痛。距离公墓还有两百米,他们听到普鲁士长官嘶吼着下达命令,转瞬间,炮火齐发。轰隆隆的爆炸声持续了几秒,升腾起浓烟。当烟雾散尽,弗雷德里克环顾四周。有那么一刻就像是他们演练过的冲锋阵线,新兵蛋子生龙活虎,但现在只剩下迷茫、悲痛的众人,早已晕头转向。人群中洞开的缺口就像是一片片林中空地,地上满是紫红色和海蓝色的破布。突然的沉默之后猛的又响起一片扫射声。伤兵的哀嚎交杂着咒骂、呼救和呻吟充斥在空气中。力量、凝聚力还有朝气,在两拍心跳之后,唯剩孤独和痛楚。人群向后溃退。轻伤的士兵看到自己的鲜血,吓得扔下步枪,撒腿离开了已经被打乱的队伍。军官挥动马刀,表明一切都看在眼里,也为了证明自己还活着,想方设法整顿人马。他们叫着手下的名字,这种方式比威胁更有效。人高马大的弗雷德里克在溃散的队伍中尤为扎眼。有人听见他命令开枪的士兵要避开一群妇孺,他们无意中陷入了战局,正跑向一片柳树林。队伍又集结起来,军令已出,继续向前进攻。队伍有点稀稀拉拉,但剧烈的运动令众人斗志昂扬。前锋离公墓围墙只有几米之遥了,火舌又一次喷射而出。进攻的潮水向后退去,留下诸多的死尸和伤员,士兵四散逃离,这次是去意已决。

弗雷德里克中了两枪,分别在手臂和腹部。他趴在地上,几乎动弹不得,他本该倒在公墓前,但两名手下在撤退的时候把他架走了,安顿在一排房屋后面,陪伴着他,直到生命的终点。部队伤亡惨重,无法参加之后的战斗了,而整场战役持续到了下午。腹部的枪伤让弗雷德里克吃了不少苦头。那是致命伤,他知道。他把刻有纹章的戒指交给了一名战士,麻烦他转交给父母。他还想把钱包里面的钱分给两人,但他们都拒绝了。他躺在一折为二的帐篷布料里面,上面布满了斑斑血迹,两条大长腿伸出来,渐渐麻木了,脑袋下面枕着包。他不再感到大地的寒冷,听不见其他人的哭喊、呻吟以及手下说的话。他双眼望天,空中布满乌云,隐隐透出奶白色的亮光,这是下雪的征兆。弗雷德里克奄奄一息,就在那天结束前死去了。

Camille Claudel

卡米耶

卡米耶·克洛岱尔(莫奈)

身在伦敦的莫奈在圣诞节前夕得知了巴齐耶的死讯,是雷诺阿写信告诉他的。那天早晨,他离开住所,门房神神叨叨的,小心翼翼地把信交到他手上。信纸还有墨迹表明这封信来自法国。老实巴交的门房总觉得这些信会把悲惨的战事带进这条弄堂,能远隔万里继续作恶。他吃惊地发现,法国人还能收到很多信,似乎除了受侵略地区,战争并不能阻断通信,邮政系统几乎运转正常。战火纷飞中,生活在继续,只是平添了葬礼和苦楚,最后终结在皱巴巴的床单上。法军的溃败和国土沦丧并没有给流亡者带来多大的触动,英国人的高傲和怜悯倒让他无法承受。他费了好大劲儿才按捺住,提醒自己身为难民的义务,有时候他真想一拳打在那些口无遮拦的英国人脸上。门房只需要一声含糊的感谢,而莫奈的口音让他听不懂这声道谢。

莫奈边走边拆开信。商店橱窗因为圣诞节装饰一新。窗明几净的玻璃后面,商品散发出欢乐、簇新的光芒。它们似乎刚刚从包装纸中破壳而出,这些包装纸有红绿两色的纱纸,有苏格兰格子花呢,有印度布料。商人一到下午便早早点亮了小灯笼,12月白天的伦敦街头如同黑夜,昏暗的灯光随意照射在玻璃和陈设的货物上。他走在洋溢着节日气氛的大街上,手中的信件告诉他,他们的朋友在法军溃败的路上,在博恩拉罗朗德附近战死了——他们一路且战且退,弗雷德里克可能中了好几枪,就这样没有价值地死去了,雷诺阿写道,并补充说,他很幸运,他的部队在法国东南部无所事事。上司尤为爱惜那些亲爱的战马,对他也有了恻隐之心。上司喜欢绘画,于是想让雷诺阿教他女儿画画。雷诺阿叔叔干得十分出色,身上还穿着重骑兵的军服,脚蹬破鞋,脑壳上戴了顶警察便帽。

莫奈的眼前浮现出巴齐耶——就像战友,画家之间就算变得很亲密,仍习惯用姓氏来称呼彼此——他那天来到格莱尔画室,在巴黎的渡船路上,他下意识地低头躲开门框,举止笨拙而局促,个子高得出奇。那是在1862年年底，莫奈才从阿尔及利亚回来数周，刚收到军方的文书，证明其操守良好，同时告知兵役已结束。他回到巴黎，重新拿起画笔，入了老画家夏尔·格莱尔的门下。新学生坐到矮凳上，高大的身形把凳子衬得就像是给小朋友坐的小板凳。四肢像是蚱蜢腿儿一样折成了锐角。他时不时地舒展下四肢，缓解膝盖的不适，这个小动作就这样一直循环下去。莫奈看在眼里，觉得很有意思。没过几个星期，莫奈、巴齐耶、雷诺阿和西斯莱就互生好感，自然而然地结成了小团体。每当老师拖长了元音、低声教导学生时，他们会默契地交流一个眼神；12月的夜晚，塞纳河河水黑黢黢的，他们在码头上闲逛，在画室工作了很长时间之后去圣日尔曼大道的啤酒屋喝上一杯，年轻的生命因为这些点点滴滴走到了一起。他们一同欢笑，笑点如出一辙，雷诺阿喜欢模仿英国小女生的口音，恳求瑞士籍的格莱尔让充当模特的运动员脱掉"小衬裤"，为了说服老师，还会加上一句："格莱尔先生，你知道的，我有情人。"弗雷德里克笑得最厉害，大家的消费也由他来买单。

1862年春天，雷诺阿、巴齐耶和莫奈成了形影不离的好友。复活节的时候，三人一同前往枫丹白露森林露天作画。莫奈又记起了他们在金狮客栈度过的夜晚。他们在那里享用完包月的晚餐——热汤、新鲜的鸡蛋、白面包和布里干酪——巴齐耶坐在壁炉前面给父母写信。他呢，从非洲退伍回来的老兵，一边抽烟斗一边陷入沉思，雷诺阿和女仆嘻

夏伊通往枫丹白露之路（莫奈）

嘻哈哈地逗乐子。他想让女仆做模特。就算不用脱衣服,她也不乐意。到了睡觉的点儿,雷诺阿就像他儿时的奶奶那样,拍拍手,说:"好啦,上床睡觉啦!"晴朗的天气,灿烂的阳光,外省的空气,还有丰盛的伙食让这个大个子南方人的口音又回来了,心情也跟着明媚起来。每每看见勒阿弗尔小子和蒙彼利埃小子①肩并肩往前走,雷诺阿就要哈哈大笑。莫奈的圆脑袋只到巴齐耶的肩膀,而巴齐耶健壮的胸膛投下的阴影面积几乎是同伴的两倍。假如雷诺阿嚷嚷着要为两人作画,莫奈就会大发雷霆。两个年轻人的穿着也是南辕北辙。穷小子喜欢穿得像个亲王:量体裁衣的高级定制,精美的布料,带褶皱的装饰、花边袖口的衬衣,奢华的丝质马夹,常采用暗红色和黄色。莫奈拿到酬劳就一头钻进裁缝铺。有钱人,就像曾为餐盘绘图的雷诺阿②,对穿衣打扮倒是漫不经心,他要把衣服穿得破破烂烂,把鞋子磨破了后跟才罢休。

---

① 前者指莫奈,后者指弗雷德里克·巴齐耶。
② 童年时代的雷诺阿曾在瓷器厂工作,绘制瓷器。

雷诺阿还没有找到自己的风格，但他脑子灵活、转得快、做事一门心思，就快抓住窍门了，他从不过问莫奈的意见。巴齐耶呢，乐意倾听师兄的看法，征求他的意见。这个瘦高个只比莫奈小一岁，但他坚持用"您"来称呼莫奈，而用"你"来称呼雷诺阿，莫奈第一次觉得自己不仅仅是位兄长，还是师长。他生来就是个画家，也立志成为伟大的画家，这个内心情感以及信念在另一人的眼中得到了坦诚直白的认可。他要好好感谢巴齐耶的仰慕之情。

他还要感谢巴齐耶的金钱资助。巴齐耶家境优渥，生活宽裕，莫奈呢，和父亲吵完了一架又一架，做香料生意的父亲既生儿子的气又拿他没办法，所以莫奈的日子过得很拮据。巴齐耶收到蒙彼利埃打来的钱，就会买下朋友的一幅画。急需用钱的处境和伸手要钱的耻辱却让莫奈在向巴齐耶开口时表现得生硬蛮横。巴齐耶原谅了好友粗鲁的行为，他明白这是一个被贫困羞辱的人所做出的反应，在和别人的相处互动中，他一无所有，只能逗口舌之快，表现得傲慢。他们一起去田间作画，在翁夫勒尔附近的圣梅翁农场吃饭住宿，或者下榻在夏耶的金狮旅馆，两人会分摊费用，但手头宽裕的巴齐耶常常会想个办法，减少友人的支出，或者提前把钱付了。高傲的莫奈嘟嘟囔囔地表达谢意，巴齐耶天性宽厚，一个手势制止了他的道谢："这都不重要。"

好友买下《花园中的女人》时，莫奈想到要和自己的画作别，忍不住泛起感伤之情，但他明白这幅画是入了行家的手，他的同伴眼神清澈、出手坚定，是个艺术家。那些在露天花园中嬉戏的倩影，是他那个时期最美好的作品之一。巴齐耶对这幅画赞不绝口，出了个好价钱，足够莫奈绰绰有余地过上好几个礼拜。那幅画后来被带去了蒙彼利埃，购画者美滋滋地向双亲展示了好友莫奈的作品。"你们看，他是我们这群人中最优秀的。人们不断地说起他。"这个年轻的南方小伙滔滔不绝地诉说自己的仰慕之情，但没有告诉双亲，画中的白裙女子，就是疾步跑到灌木丛后面采玫瑰的那位，他心仪已

草地上的午餐(莫奈)

久。这位优雅的女子身穿同一袭白裙出现在了莫奈的《草地上的午餐》中。她眼中含笑，把桌布上的餐盘推给了长腿青年。那个支着肘部躺在草地上的青年就是他。加布里埃尔是个红发美女，白皙的肌肤，丰腴动人。巴齐耶爱上了她，他买下《草地上的午餐》不仅仅为了帮助朋友，还希望在蒙彼利埃度夏时能让其常伴左右。那张令他动心的脸蛋，那俯卧在草地上的身姿，在他看来，画家运用难以言表、无法理解的笔触抓住了独特的灵性，举手投足间流露出莫名的魅力。

当时，莫奈在阿弗雷城租用了一个凉亭，两个年轻人都为《草地上的午餐》做了模特。这是幅巨大的油画，超出了常规尺寸。莫奈在花园的地上挖了一条沟，支上巨大的画架。画架上下各安装有一个卷轴，转动手柄就能往上或往下移动画布。这样，正在创作的画面就正好处于适当的高度，画家不必爬上爬下取颜料和抹布或者判断效果。巴齐耶和加布里埃尔轮流做模特，有时也会一起躺在草地上。在莫奈看来，两人在某些时刻达成了默契。画作的平衡取决于画中两人交汇的目光,那份和谐,在他看来是如此显而易见,他或许早就先于这对青年男女洞悉了两人的惺惺相惜。他的手,他的眼,心领神会,在头脑明白过来之前就在画布上表现了出来。莫奈兴致盎然,乐在其中,他此刻好奇的是,那交汇的目光包含着诱惑和欲望,还是爱慕。

长裙,第二帝国时代的华美长裙,色彩缤纷,布料多样,无人不爱。莫奈在1866年的沙龙展上斩获银奖,同时收获了大众的喜爱和同行的赞赏,正是凭借《绿衣女子》。画家惟妙惟肖地还原了黑绿两色的丝质拖地长裙,令人印象深刻。面料的质感、褶皱贴地的造型,他画了上百张草稿,布面明暗不定的光泽,还有逼真度,种种细节都能和意大利大师的杰作媲美,和委罗内塞的作品比也旗鼓相当。这条迷人的长裙——每道折痕、每处色彩变化都得到了莫奈画笔的青睐——其实是巴齐耶借来的。他租下这条裙子是为了自己的一幅画作,最终被好友所用。莫奈打第一眼看见就想得到它。

长裙穿在那个模特新人的身上恰如其分,或许

绿衣女子（莫奈）

正是此等赏心悦目的画面让他动了心思,莫奈是在一家啤酒馆邂逅这位细腰褐发美女的。他让女孩在画室里面走动,摆出各种站立的姿势,直到他满意为止。他会突然出声:"就这样……别动。"女孩的右手在摆弄帽子的绦带。他走上前去,小心翼翼地握住她的手,因为和姑娘的脸蛋贴得太近,脸色涨得通红。莫奈用了不到一星期的时间就完成了这幅作品。在逼真还原度方面,他此前从未达到这样的高度。织物的光泽,金色皮毛的触感,细嫩的皮肤,睫毛,嘴唇的纹理,所有的困难似乎都被轻而易举地克服了。他不用摸索就能找到。

他按时完成作品,参加了1866年的沙龙展。去年一整年他都想着要靠那幅巨作《草地上的午餐》震惊世界,坚持不懈地工作了好几个月。只是那幅画最后没有完成,他的名字却因为那副匆匆画就的女子肖像而出现在了沙龙展的花名册上。莫奈一鸣惊人。这幅画美轮美奂,无懈可击,大家以为是出自大师马奈之手。绿色的长裙和栗色的裘皮两相映衬,在画面上投下阴影,如同一盏指路明灯,画展墙上挂的其他作品都晦暗不明，又涂了太多清漆，像是烧过了头的食物。唯有这抹绿色映入眼帘，令参观者耳目一新。那律动的波纹溢出画框，久久停留在视网膜上。人们走在路上还在谈论着它，一直要将这个话题持续到家中。他们没用官方画册上的名字来提起它，而是直呼它"绿裙子"，这条裙子、这种绿色令看画者心醉神迷。

画家把作品交给沙龙评委会时，把它叫作《卡米耶》，也就是模特的名字。他在作画过程中爱上了这个姑娘。他为她纠正姿势，碰到了女孩的胳膊、手和脑袋时，就像个羞涩的青春期少年。他意识到，他喜欢这个女孩，也希望女孩喜欢他，却又担心没法讨得欢心。他放弃了亲吻她戴手套的玉手的想法，转而摆弄起帽子的绦带，指点女孩的手该如何摆放，那一刻他知道自己坠入了爱河。旁人看见的是裙子，他眼中的是情感。旁人用物件来为画作命名，他则许以爱人的名字。这才是他笔下所绘之物。带阴影的眼睑、苍白的肌肤、嘴角的皱纹、微微嘟起的双唇，这样的她散发出傲慢、倦怠的气质，两人欢愉之后的第二天早晨，莫奈画下了这一切。两人心知肚明，眼中只有彼此。巴齐耶和雷诺阿在画室里面看到了这幅画，他们是和莫奈一起认识卡米耶的，两人也猜到了个中奥秘。在他们看来，这幅四天完成的杰作所蕴含的秘密就是这光彩照人的新鲜爱情。

他探得了《绿衣女子》冬衣下面的胴体。她是卡米耶，完完整整的卡米耶。裘皮紧裹住脖子，脸微微侧向一边，他想在画中尽量还原一切：熠熠生辉的白肤，柔软丰腴的肉体，滑如凝脂的肌肤，睫毛拉出长长的曲线，浓密的褐色长发。他本想让模特露出香肩，酥胸掩藏在黑绿条纹的裙子下面。画室里面冷得很，第一次休息时，姑娘披上了她来时就穿在身上的裘皮。她走到炉子前面，双手抱住热乎乎的釉陶碗，随着脖颈抽动，一口一口喝光了热茶。莫奈不让她脱掉裘皮。深色布料吸收了光线，绿色丝绸则闪闪发光，两者能引起绝妙的反差效果。

至于卡米耶只穿了及腰短大衣，露出裸腿的身姿,这份快乐独属于他。清晨,她从床上爬起来,迅速套上那件镶了裘皮的外套,遮住自己的躯体。莫奈瞥见她踮起脚尖,跑过冰凉的地砖,进入卫生间。他想求她再这样走回床边——踮着脚尖,放慢步子,脸颊微红,神采飞扬。在看客驻足凝视的那幅油画的背后,还有另一副光景,只为莫奈一人所知。她照亮了画布,如同乌云裹挟的白雪。

人们夸奖莫奈技法娴熟,逼真地还原了外套的滚边,裘皮触感轻柔,甚至能一眼识别出这是水貂皮。莫奈觉得那是水獭皮,他瞬间想到了水獭那满足惬意又温柔的样子,他把水獭这个单词重复了上百遍,柔和、浑圆、流动的音节,就像卡米耶。她来自里昂,还带来了那个地区特有的姓氏——东锡厄。这个漂亮姓氏的发音,如同罗讷河和索恩河交汇处飘忽的迷雾,瞬间打动了莫奈的心。当她第一次念出名字做自我介绍时,她微微探出头,靠近莫奈,确保自己近似呢喃的嗓音不致淹没在啤酒馆的喧嚣中。他重复了一遍女孩的名字,这张新鲜面孔和她翕动的嘴唇相得益彰,看得他赏心悦目。

"东锡厄",他想到了一些事。一些愉悦的事。这种有趣的熟悉感一直撩拨着他,直到晚上。他回到家里,爱意突然袭来,扑向搁板,那上面摆满了他喜爱的书籍,他翻出了《三个火枪手》第一卷。他喜爱那个女性角色,那个加斯科青年在巴黎认识的第一位女性。朋友们都爱米拉狄①。他呢,他也不由自主地迷上了风情万种的米拉狄。不过博纳瑟夫人②同样魅力非凡,她那沉着镇定的美,她的柔情,那些秘密的夜晚她一直守口如瓶。博纳瑟夫人一直留在他心底,注定了他的读书品位。王后的侍女或许也身披《绿衣女子》中的短皮袄,走过路易十三统治下的巴黎的羊肠小道。就在战争爆发两年前,莫奈暂居勒阿弗尔时,库尔贝曾将他引荐给大仲马,他当时也想到了这点。和他共进晚餐的这位绅士是个大块头,乐呵呵的,声如洪钟,他好奇那

---

① 《三个火枪手》中的女性角色,外表天姿国色,内里蛇蝎心肠,但极具个人魅力。
② 《三个火枪手》中的女性角色,达达尼昂的女房东兼情人,也是王后的侍女。

绝望的男人（库尔贝）

如此娇弱的形象是如何诞生在这位作家笔下的。他对达达尼昂之父的钦佩之情，因为新秘密的出现，与日俱增。

莫奈之后画了好多次卡米耶。当她出现在画面上，一切都变得简单了，一切都更美了。灵感和色彩的线条随即而来。两人成了恋人，相依为命。1866年的沙龙展上这幅画卖出的价钱帮他们还清了债务。年轻画家依然穷困潦倒，居无定所，从这个住处搬到另一个住处,到处欠账。为了重整旗鼓,他搬到勒阿弗尔,离父亲家不远,但与父亲仍没有转圜的余地,有个寡居的阿姨好意资助了一些钱。拉芒什海峡的空气令他头脑清醒,吹散了油画中的巴黎氛围。尽管并非他所愿,这种氛围还是令他迷惘。每次山穷水尽,他就跑去弗雷德里克的画室,后者见到朋友又惊又喜,邀请这个讨人喜欢的吃货朋友一同用餐。

卡米耶住在女友家里,生活同样艰辛。她和父母关系疏离,长辈不喜欢她结交的朋友,也不喜欢她的生活方式。她不做模特了。她是漂亮,优雅得毫不做作,但其他画家不会再找她,这位专属模特拒绝裸体。她把时间都给了莫奈,可以为了他宽衣解带,沐浴在阳光中,一丝不挂地躺沙发上好几个小时,只要他希望这样。可莫奈从未开过口,也从未让任何人脱光衣服。裸体及其约定俗成的惯例让他想起画室、学院派的教学,还有和教学、上课、教条原则有关的一切,这是他痛恨的。就算是敬仰的画家给出的建议,他也难以忍受,总觉得别人灌输给他的东西，他既没法吸收，还污了他的双眼。库尔贝对《草地上的午餐》大加赞扬，顺道给出了几点意见，莫奈记在心里，从善如流。可最终，他马马虎虎画了几个人物，就怒气冲冲地把三个局部作品给收起来了。

他有能力的时候就贴补一下卡米耶。女孩冰凉的手抚上他的额头，把柔情和抚慰注入他的叛逆。卖出两三幅画就能收回一笔钱，两人在乡间客栈里面快活几天，乡下并不远，就是出了巴黎城门。十分钟的车程，火车刚刚烧暖了锅炉，灰色的雾霾融入了透明的天空中。绿色和蓝色的景致掠过车窗，玻璃在木框中欢快地叮当作响。他们走不远，总是西行，那是诺曼底的方向。穿过塞纳河最初几道河湾，厚厚的云层似乎都变得轻盈了。圣拉扎尔火车站附近有一家英国酒吧，瓷砖周围镶了铅条，酒吧嵌在一条街上如同悬挂在城头的明灯，莫奈感到自己平静了下来。在火车站大厅里，他念起城市的名字：芒特拉若利、韦尔农、雷桑德利、鲁昂、勒阿弗尔，他觉得像是回到了家里。煤炭和钢铁、蒸汽、蓝天,旅途有了大海的气息。

　　他早早起床,沿着塞纳河边供纤夫行走的小道散步,或者沿小径爬上山丘顶端。晨曦之下,他在用双眼发现令他动心的风景,波光粼粼的蔚蓝河水,紫色阴影下的翠绿色树木,道口看守居住的赭色房屋,他坐下来,嘴里嚼着草,在想象画布的边线上应该画下什么,之后动起画笔。卡米耶听从他的指示,挎着早餐篮子来和他会合。他远远就看见

韦特伊附近的塞纳河支流(莫奈)

帽子的丝带在发丝间飘荡。她的脸还只是一个浅色的点，但他早已刻骨铭心，她的笑容、她的眼睛、两颊因为步行和冷冽的空气而红粉绯绯。她越走越近，轮廓渐渐清晰，他发现真人更加动人。他们分享了面包、香肠、冷牛肉、土豆，还喝了勃艮第红酒——今天是节日。下午，卡米耶坐在树下看书或者做针线活，时不时透过低垂的睫毛审视莫奈。画家并不喜欢她看着他工作，所以他在工作时从不主动邀请她来。不过，他只向卡米耶询问意见。她觉得一切都很美，特别是莫奈，两人都乐在其中。莫奈会独自一人多留一会儿，夜色为眼前的风景染上了趣味，他掏出烟斗，后者温暖了指尖。他工作得很辛苦。当房间的窗户变成了黄色，卡米耶的身影掠过灯前，莫奈走完了回家的路，来到门前，内心满足。

两人过着波西米亚式的生活，孩子降生了。在确定恋人关系十八个月之后，卡米耶即将临盆生产。弗雷德里克给阿道夫·莫奈写去一封催人泪下的信，后者十分欣赏儿子好友的文采，但这封信并不能让莫奈的父亲打开荷包。阿道夫·莫奈又给儿子去信,建议他抛弃情妇——那个有失检点的女孩。莫奈向卡米耶信誓旦旦地保证,他会认下孩子,并把卡米耶交给一位读医科的熟人细心照料,之后回到勒阿弗尔附近的圣阿德雷斯,想用浪子回头这招软化父亲的意志。1867年8月8日,卡米耶生产时,莫奈不在她身边,她的父母也不在,因为他们不想见到自己的女儿。弗雷德里克在梅里克葡萄园过暑假。她孤零零的一个人,只有那个住院实习医生把她当作病人一样尽职尽责地给予照顾。婴儿生得健壮又漂亮,很像莫奈。卡米耶幸福极了。

转瞬即逝的成功之后是一连串的挫折,贫穷,父亲强硬的态度,学院派大师、画商、购画者和投机商的批评,这一切将年轻艺术家置于冷漠愤怒的境地。一天晚上,客栈老板因为收不回欠账,没收了他正在创作的作品以及工具,将他扫地出门。他竟在阿弗雷城附近跳进塞纳河,想淹死蒙羞的自己。可他忘了自己会游泳,最终他浑身湿透、一脸寞落地回到巴黎。弗雷德里克收留了他,并为他做了炒鸡蛋。莫奈就着巴齐耶庄园出品的麝香葡萄酒吃光了炒蛋。雷诺阿正好路过,三人嘻嘻哈哈地嘲笑一切。粗暴的拒绝、难听的辱骂,甚至是无动于衷,都没法改变他。莫奈没有一丝犹疑。当好友的画作被拒绝或者被人嘲讽时,是他在为他们打气。他告诉朋友们,他们是对的,他们眼光准确,看得一清二楚,他们抓住了事物的本质,鲜活、多变。其他人既看不见也感觉不到,一叶障目。莫奈的嗓音激昂冷酷,拳头攥得死死的。说到最后,他抨击了社会、资产阶级、学院派、体制内的艺术家、巴黎——巴黎浮夸的外墙、巴黎发黑的马路、巴黎的雾霾、巴黎的马车夫、巴黎的小混混、巴黎的妓女、巴黎的胖子,而这一切造就了他所处的时代,还有无穷无尽的怨,但那是因为他还有同等的爱。

普法战争爆发,在莫奈眼中这就是个外部事件,只是又多了一个阻挠世人发现他的才华和绘画真相的障碍,又一波的灾难,又一次的姗姗来迟。普鲁士国王的确想要一战,但莫奈更憎恨宣战的拿破仑三世。那时的他只有几个朋友,首先是巴齐耶和雷诺阿，还有卡米耶。他最终不顾父亲的反对娶了那个女孩。她没提任何要求，莫奈感动不已，他佩服卡米耶能扛得住拮据、失望和羞辱。温柔、腼腆的女孩在穿上绿裙的时候会刻意藏起自己的特质，而莫奈从不怀疑她身上蕴含的能量，她能把两人动荡的生活打理得井井有条，从不抱怨因为莫奈的固执而不得不承受的贫穷和孤独。她要忍耐漫无止境的沉默，还有突然爆发的愤怒，通过语言和动作宣泄而出。当莫奈最终跑去撕碎画作，她害怕得直哆嗦，不敢动弹，只是轻声提醒：我们的儿子就在隔壁屋睡觉呢！他停止咒骂，在屋里来回踱步，假如还压不下怒火，就跑出去转一圈。他一头扎进夜色，有时就去巴齐耶或雷诺阿的家里，前提是他知道两人的地址。卡米耶跑到院子里，捡起撕碎的画纸，想着如何修复挽救回这些作品。她会去找弗雷德里克的。

春天过去，莫奈凭着艺术家和老兵的直觉，意识到战争即将来临。他打算提前举办婚礼，卡米耶从未要求，也未提及，但他猜到她是希望有场婚礼的。她想念父母双亲。人们有时称她为"莫奈夫人",她压下自己的心愿,但结婚的提议显然令她欢欣雀跃。婚礼定在6月28日,在巴黎第八区举行,那里是她父母的家庭住址。卡米耶的父母最终参加了在市政厅举行的婚礼仪式,并且许诺提供一份微薄的嫁妆,双亲很高兴和女儿和解,还能参与小外孙的抚养,在此之前,一切只能偷偷摸摸地进行。仪式没有弥撒。接着,新婚夫妇出发前往拉芒什海岸,莫奈打算整个夏季都在那里工作。海风洗净了他的双眼,木框紧绷住涂抹了白色颜料的画布,他准确抓住了反射在物体上的光线,明年的沙龙评委将无从拒绝他的作品。人人都会知道克洛德·莫奈,知道一个看风景的人能看到的风景,他用一支画笔和几管颜料就能定格风景,把画置于众人之中,这份美丽和悸动将固定在金色画框内,长时间的、永远的鲜活。购画者干起架来,订单纷至沓来,夫妻俩会变得有钱。于是,他们在远离巴黎的地方买一栋房子,附带一个果园和一个大花园。在此之前,卡米耶的嫁妆能让他们提前度过一个美妙的假期。

　　离开郊区，和阴郁的首都渐行渐远，莫奈平生第一次感到升腾起一股力量，能专注在某个目标上，还有一股强大的爱的动力。窗外宜人的风景转瞬即逝，一幅接着一幅如同走马灯。牧场接着牧场，奶牛挨着奶牛，无尽的道路，成片的田野，路过一个又一个钟楼，走过一个又一个村庄。火车穿过城市，旅人的目光捕捉到马路边的工人，插着铁锹的沙堆，工人攀爬的脚手架，后背上的煤碳包，涂抹灰泥的墙壁，窗户玻璃的反光，有人操作的铁路信号灯，这些就是工作，人类的努力，劳动的生活。

　　莫奈不再欣赏风景，目光转而落在妻子和儿子的身上。让快两岁了。卡米耶没法一直把他抱在腿上，于是把他安顿在身边。小家伙身板挺得笔直，两腿分开，乖乖地坐在人造革座椅上。他戴着一顶小帽子，神情严肃得如同教皇。卡米耶觉得儿子像父亲，莫奈则觉得他长得像母亲。父亲对于儿子的柔情，就像男人对于母亲的欲望，充盈艺术家的体内，令他无限膨胀，他会用自己的个体、自己的生

卡米耶和孩子（莫奈）

命填满世界的维度。他和卡米耶，他俩的血肉之躯、亮闪闪的眼睛还有相得益彰的嗓音全都汇聚到这个脸蛋圆嘟嘟的孩子身上，达成了一种微妙的似像非像，莫奈对此并不感到陌生。他的胸腔充盈得就快裂开了。画画、画画、画画。

夫妻俩借宿在提沃利旅馆，这栋建筑物坐落在特鲁维尔①的小巷上，屋顶镶有檐饰。到达之后的第二天，画家一大早就跑去了海滩。太阳跃出海平面，融化了氤氲的灰色地平线，行人在沙滩上慢慢聚集起来。面对度假的有产者，海浪似乎想要逃之夭夭。六个小时之后，它们还会卷潮重来，撞上海堤，驱散人群。遥远的北方，那里就是勒阿弗尔。夜幕降临之际，莫奈依稀辨别出了那里的万家灯火。他画下眼中所见，每到晚上，他绝望地发现他无法定格"不可能"。云朵撕裂的刹那，海面泛起铁灰色的反光，洞开的云层镶上了银边，明净的光线倾泻而下。夜色、倦意还有绮丽的梦境，他统统

---

① 法国卡尔瓦多斯省市镇。

弃之不管,当第二天来临,画布上的油彩经常还未干透。新的一天开始了,他也要重新投入工作。那浩浩荡荡的海水、弥漫的水汽,变化不定,既让他乐在其中,又令他陷入绝望。他的笔下出现了迎风招展的旗帜、正午时分金灿灿的黑石酒店、住客和游客的身影,男性就用深色的逗号表示一下,女性则是浅色的逗号。呈现在画布上的是短暂的刹那,这一刹那将成为永恒。

莫奈也画妻子。卡米耶去海滩散步时撑了伞,但她的脸还是有点晒黑了。骄阳焚尽了脸上的焦虑,拉芒什海峡的风驱散了巴黎的污垢。这是卡米耶第一次和莫奈一起看海,她对大海有了新的认识。她栩栩如生地出现在丈夫的画作中,伴随着律动的光线。她坐在沙滩上,手握浅色的遮阳伞,这样的姿势最是轻松。她喜欢看书,包里总是放着一本小说或诗集,在公共马车或火车上,在用餐的过程中,一有机会就翻一下。专心致志阅读的她显得纯粹、优雅,额头、鼻子、嘴角、下巴的线条一气呵成,洗练明净。莫奈在童年的地平线上勾勒出他

莫奈的两大悔恨

特鲁维尔海滩上的卡米耶（莫奈）

挚爱的头颅轮廓，此情此景让画家的人生有了一份泰然、圆满的深度。他在内心触及了一种真实，他将其握住。线条随思绪转动，卡米耶的脸转向他，徒留一抹温柔的嗤笑。没有读书的时候，少妇会做些针线活或者看海鸥飞翔，让在脚边玩耍。莫奈的视线包裹住她，就像她置身于沙滩和天空中。卡米耶有种自足沉静的气质，这是莫奈所欣赏的，这个幸福的人儿用她的安静消弭了挚爱的忧虑。妻子轻盈的呼吸于他而言蕴藏了某种未知的生理奥秘，驱散了他对失败的恐惧、他的愤怒、他的忧伤。卡米耶起身，脱下凉鞋，提起裙摆，踮脚走过滚烫的沙滩，她和让在温热的海水中奔跑嬉戏，这里是海的尽头。

7月19日，法国对普鲁士宣战，这事对莫奈没有任何影响，对于那些度假的有钱人同样如此，只是多了些谈资，还有翻看报纸时多了点兴致。他们面色凝重、煞有介事地哗啦啦翻动报纸。7月末，法国骑兵攻陷了维桑堡的几个关口，人们浏览新闻时不由露出了坚定、凶残的表情。到了8月，战况急转直下，他们又个个如同丧家之犬，时不时地狂吠两下，这样的状态会一直持续下去。除此之外，牛奶、咖啡、巧克力、奶油蛋糕、果酱，一切照常。

一切照常，天蒙蒙亮开始工作，在沙滩上午餐，卡米耶做模特，傍晚散步，晚餐洁白的桌布上摆放了亮闪闪的餐具，温热的夜晚，轻薄的被子覆盖着松弛的躯体。夏日在流逝，莫奈在工作，让和他的母亲一样漂亮。某天,客房服务生送来一封信,巴齐耶在信中告诉了莫奈自己参军的消息。接着,到了8月底,雷诺阿也从军营写来了信,他刚刚应征入伍。莫奈开始感到别人落在他宽阔肩膀上的视线。每个错身而过的路人,每个在餐厅就餐的客人似乎都在疑惑,他这么一个眼珠乌黑、膀大腰圆、健健康康的小伙到底在海水疗养院里倒腾什么。随着最初几场战役结束,人们开始在这里碰见获准疗养的伤员。他坐在餐桌边,把让抱在膝头。

法军接连吃败仗,德军不断推进,动员民众参军还有加入新生共和国民族团结党的消息陆续传来,卡米耶的忧虑和不安与日俱增。共和国,先前的他是多么向往,他曾在拉丁区的咖啡馆为其歌唱,如今共和国又成立了,当他漫步沙滩时,当他每晚在提沃利旅馆进餐时,那些老歌、那些铿锵有力的歌词回响在耳畔:"前进,祖国儿女,快奋起……""共和国在召唤我们……"他想起了非洲轻骑兵一团的战友,他们目前应该加入了国民别动队或者自由军团。有多少人战死了,还有多少人负伤了？巴齐耶呢，很快就会轮到他上战场了。这个傻大个就是活靶子，暴露在普鲁士的枪口之下。如果这场注定失败的战争此时还未终结，如果有勇无谋的好战分子还在宣扬驱逐鞑虏的狂热，那这个高尚的年轻人终将有去无回，莫奈有这种直觉，尽管痛苦，但他必须承认。在梅里克葡萄园露台上完成的《家庭聚会》，那是一幅漂亮的画，莫奈允诺过巴齐耶要去他家看看，看看他，看看他的表妹，再去看一看挂在客厅墙上的《花园中的女人》是何等的光彩夺目。往昔，那是种种未能兑现的承诺。至于雷诺阿，那个嘲笑制服的家伙，那个看到恶犬咬住邮递员裤腿就哈哈大笑的家伙，他同样成了士兵，也要奔赴"屠宰场"。死亡，普鲁士和普鲁士人，法国和法国人，令他作呕。他画下天空，画下大海，画下妻子和孩子。为了这一切，他要活着，要工作。他必须绘画，必须继续画下去。

相关部门根据政府的指令组织起防御工事，守卫勒阿弗尔和该城的海港。当地的男人或是被派往前线挖战壕建堡垒，或是在城里巡逻。满眼都是军服蓝，在乌泱泱的军装男人之间，一顶顶小巧的军帽在空无人烟的小巷中蹦蹦跳跳。年轻画家无法再维持现状，路人看到他的画面，流露出了不解和鄙夷。还有金钱，又捉襟见肘了。莫奈前往勒阿弗尔探望父亲，看见码头上人们鱼贯走过跳板，登上轮船，这些人的目的地是英国。他把打听到的情况告诉卡米耶，妻子鼓动他立马动身，等到他在伦敦找好住所，她就带着孩子去和他会合。主意已定，她就催促莫奈快点出发，快点离开她，她担心丈夫会来个三百六十度大转变，最终也应征入伍。莫奈的确厌恶战争、狂热的爱国主义者和煽风点火之徒，但她感觉到丈夫也备受折磨。

秋天过了一半，法国军队在卢瓦尔河畔集结完毕，准备向被困的巴黎进发，莫奈在勒阿弗尔港登上了船。卡米耶和孩子留在特鲁维尔，身上的钱所剩无几，幸好还有嫁妆和几幅画，尽管时局不稳，或许还是会有爱画者出钱购买吧！灰色的海水，灰色的天空，灰色的日子。莫奈倚靠在舷墙上，眼看陆地在水面上拉得越来越细长。船桅、码头上的起重机、钟楼、人们在没有尽头的海岸边留下的字迹,全都消失了,融入了影影幢幢的背景。那道海岸,在辽阔的海与天的挤压下,成了一条细线。他试图在这条细线上辨别出城市——多维尔、特鲁维尔、翁夫勒尔、勒阿弗尔、圣阿德雷斯、埃特雷塔、费康、迪耶普——他曾在那些地方独自作画,或者和启蒙导师布丹一起。就在这里,他遇见了才华横溢的尤京,这个酒鬼画画就像呼吸,那只手举

圣马丁运河(西斯莱)

重若轻间就抓住了风景；就在那里，他和巴齐耶、雷诺阿度过假，那些日子既放荡又刻苦。还有西斯莱，这个可爱的英国小伙，能把大家逗得哈哈大笑，没有追求到年轻的女服务生，转而向老板娘发起了攻势。他们现在都在何处？年少青葱时的好友因为这场战争散落各地。他曾在那些地方画下远处的地平线，而现在他消失在地平线上。

他在伦敦见到了很多法国人，纷飞的战乱把他们抛向了海峡的另一边。艺术家组成了一个小团体，时常光顾同一家咖啡馆，试图在一隅之地重建失落的故土。莫奈从不谈论战争，无论是和艺术家，还是其他侨民。他们会避开战争这个话题，如果有人一不留神影射到了，其他人就立马转换话题，一股脑儿地咒骂起拿破仑三世这个饭桶。接着，痛骂戛然而止，众人想起色当战败之后共和国宣布成立，皇室家庭也和他们一样流亡到了英国。他们又苦闷地谈起伦敦生活的贫困和艰辛，诉说自己的不幸是为了忽略祖国的不幸。莫奈觉得祖国从他的心中掉落了，在横渡拉芒什海峡时就把它弄丢了。然而有一天,停战协议终结了法国和德意志帝国之间的敌对关系。莫奈站在酒吧脏兮兮的橱窗前,昏暗的灯光中,视线落在报纸上,那上面印了些奇怪的东西。那是改变了边境线的法国地图,是为了换取和平付出的代价。他看着地图,心绪翻腾,那是类似苦楚的东西。他眼中的新地图奇丑无比。沦陷的国土在他看来将永永远远破坏掉那个和谐的六边形①。炮弹砸掉了国家的一角。地图上的节节败退迫使他认清了法国战败的现实。

见到多比尼——莫奈及其朋友敬重的画家,是在伦敦冬天经历的为数不多的乐事之一。那位著名的风景画画家听说过这个有前途的男孩,知道莫奈的耿直脾气得罪了很多同行。他在巴黎见过莫奈的画,那种恣意和独特打动了他。最后一届沙龙展上,他辞去了评委一职,因为他发现克洛德·莫奈的所有作品都被拒之门外。莫奈笔下的事物拥有变化不定的外形、强烈的色彩和明亮的阴影,给了他

---

① 法国国土形状呈六边形,但在普法战争后,法国把阿尔萨斯和洛林割让给了德意志帝国。

意外惊喜，他意识到这个优秀画家和诚实男人拥有令人惊讶的精准笔法。他在年轻老乡的身上看到了正直的聪慧、开阔的视野和可贵的坦率——尽管有点粗鲁。莫奈握上他的手，生硬、热切，印证了他的看法。生活在异国他乡，前途未卜的境况令两人立刻惺惺相惜，且与日俱增。多比尼把莫奈引荐给把生意撤到了英国的画商保罗·迪朗-鲁埃尔，法国画家的画在这个国家很好卖。画商也听过莫奈的名号，人们再也不会把他和《奥林匹亚》的作者[①]混为一谈了，他在莫奈的油画中捕捉到新意和灵气。

卡米耶在此期间来到了伦敦，带着儿子以及没有卖掉的画作。他们向当地人租了一间房，起先是在城里，1871年年初搬到了肯辛顿[②]。法国大使馆和领事馆都在该区，因此很多法国同胞都选择住在那里，有长期定居的侨民，也有初来乍到的流亡者，

[①] 指爱德华·马奈。马奈不是真正意义上的印象派画家，但他和印象派画家关系密切，深受印象派画家崇敬，可以说是印象派的奠基人。

[②] 伦敦西部地区。

他们为熙熙攘攘的马路还有商业活动注入了异国情调，令人不由想起欧洲大陆。莫奈喜欢伦敦的这一角。白色墙面的两层楼房错落有致，地下室的沟渠隔开了房子和人行道，还有台阶和低矮的栅栏，和法国外省的建筑有异曲同工之妙。往昔的繁华和宁静似乎越过了边境线，飘荡在此地的空气中。这里的建筑物和法国很像，但每个元素又显得与众不同，似乎就是为了和常识作对才这样构思、设计、建造，但总体又和谐统一，透露出特别、精致、惬意的品位。尽管薄雾挥之不去，比起巴黎林立的高楼，日光能更自在地洒落在转角利落的大道上。国家自然历史博物馆坐落在肯辛顿区，这令莫奈欣喜不已。穿过井井有条的马路，入眼的是郁郁葱葱的树木，即使围墙和栅栏也难以将这份绿意困住。画家去博物馆看那些野生动物的标本、水族馆、鸟类收藏、生命迹象，整个世界凝缩在寂静中。玻璃柜中摆满了头颅、骨骼、奇珍异物，并插上了标签，窗外绿意盎然。莫奈喜欢观察当地的居民，身着紧身的黑色礼服，郑重其事地漫步于丛林动物之间，欣赏英国人举手投足间的优雅。他们的衣服用柔软的布料裁剪而成,这些布料来自多雨、富饶的殖民地。用心修改过的衣服穿在身上并非为了遮掩肉体的缺陷,而是为了自在地表达内心独特的平和。等手头宽裕了,他也要用漂亮的粗花呢做套新衣服。

他在等待。迪朗-鲁埃尔做出种种努力,还是没能卖掉卡米耶带来的画。并非画家的国籍令英国买家失了兴趣,多比尼的画就卖得很好。无论是英国还是法国,有钱人都一样的墨守成规,他们更在乎钱。他也为自己画画,卡米耶在伦敦的居所中读书。莫奈对卡米耶的身姿早就谙熟于心,都不需要她专门摆姿势。卡米耶在沙发上舒展开双腿,手捧书籍,手指标记出阅读暂停的位置,她在看窗外的风景。窗外有什么?或许就是书中生动再现的那些画面:法国的春天,市场里的交谈和吆喝,木条箱和柳条筐发出的晃动声,砝码摆上磅秤发出的叮当声,轮滑转动发出的咯咯声,经过长途旅行的鸭子在嘎嘎抗议,还有公鸡那金属质感的啼鸣。当邮轮缓缓驶离勒阿弗尔港时,拂晓的天空灰蒙蒙的,这抹挥之不去的灰色延续到了伦敦，又被轮船的行驶轨迹吸收。岛国的冬天早早到来，加重了灰色，混杂着连绵阴雨，成了工厂脏兮兮的羽饰。英国的日子拉近了两人的距离，他们就是从法国带来的彼此。

莫奈在咖啡馆里遇见了毕沙罗，后者先于他离开法国，带着一大家子定居在伦敦一套寒酸的公寓内。这个画家熟悉蓬图瓦兹的山丘和瓦兹河河岸，他给莫奈看了最初几幅伦敦主题的油画，试图捕捉英国首都沉沉的雾霭以及难以捉摸的泰晤士河水，吝啬的阳光很难在河面上形成反光。他俩一同工作，相扶相持，眼前的景致没法选择，对于他们而言太过表面。他们在乌云密布的间隙抓住了大桥浮动的身影，微弱的光线把乌云啃噬成斑斑块块，黑黢黢的船只桅帆上不知道写了什么。两人画累了，就跑去国家美术馆研究一下英国的画家是如何处理本国的乡村景色。他们看得目瞪口呆，漂泊的乡愁又浓了。

1月传来停战的消息，却只让他们感受到离乡背井的苦涩，全然没有很快能回到故土的释然。军事

雪中的林间大道（毕沙罗）

失利紧接着政治危机,巴黎一分为二,内战一触即发。流落在英国的法国人倒能感觉好些,他们看到英国人默默地忙于事业,泰晤士河上的船只装货、卸货,身材矮小、胖乎乎的女王为钢结构玻璃屋顶的宏伟大厅①主持了落成仪式。莫奈思念着羊肠小道、小树林、蓝色和粉色的天空,还有樱桃。

公社运动引发的骚乱毫无意义,对他们的镇压残酷无情,这一切都成了英国人的谈资,而对于流亡者而言又蒙上了一层羞辱。莫奈无法忍受在伦敦没有客源的日子。料峭的春风吹动了肯辛顿公园的树木,但没带来任何转机。他应该离开。回到法国?这两个字一说出口,他就闻到了血腥味,听到了愤怒民众的嘶吼。库尔贝正遭受迫害呢!听说有人要把他乱枪打死,这个慷慨仁慈的大傻瓜在某些油画作品中为了捍卫法国的荣耀所做出的努力甚于梯也尔政府所做的一切。他回忆起《奥南的葬礼》②:人们聚集在墓穴周围,流露出凝重的悲伤神

---

① 此处应指皇家阿尔伯特音乐厅。
② 库尔贝于1849年至1850年期间创作的一幅油画。

莫奈的两大悔恨

奥南的葬礼（库尔贝）

情，神甫在肃穆的气氛中说出寥寥数语，唱诗班的孩子举起金色十字架。河流上方，峭壁的白垩岩数百万年来照亮了狭窄的河谷，到了夜晚，又反射到屋顶上，经历了一天的酷热，屋子在余热中沉沉睡去。他想到了弗雷德里克，没有裹尸布，只有12月的大雪，没有坟墓，只有一个大坑填满了死人。

泥土翻新过的小土堆随着公共墓穴里的尸体降解，慢慢塌陷下去，这样的小土堆现在布满了巴黎的墓地和邻郊。莫奈收到了雷诺阿还有其他伙伴的来信，信中讲述了战斗、枪战、破坏、劫掠、火灾，有的是亲身参与了，有的就在附近。巴黎人民吃掉了巴黎植物园饲养的动物，砍下广场和林荫大道上的树木勉强取暖。市政厅、杜伊勒里宫、荣勋宫、最高行政法院周围的马路和十字路口一片狼藉，只留下被大火烧过的大楼外立面，塞纳河默默流淌。沉船从绿莹莹的河水中冒出，海鸥把那里当成落脚点。法兰西岛的各村各镇都经历了战斗，桥面被炸毁了，他所爱的无一幸免。每样东西都黑乎乎、脏兮兮，散发着恶臭。他半夜醒来，一身冷汗，他刚刚飞过了那片荒芜的土地。离开。

这次是荷兰。大海的天际线深入内陆，舒展的云朵挂在灰蓝色的天空，这里的人民简朴、刚强、沉默、固执，就像他。莫奈的提议立即得到卡米耶的赞同。他们找到的旅馆在阿姆斯特丹以北的一座小城赞丹。这位少言寡语、穿着考究的法国画家有美貌的娇妻和小男孩陪伴左右，引来了居民善意的好奇心。最初几天，他在漫长的散步中一边抽烟斗一边呼吸周围的空气，然后停下脚步，拿烟斗敲击鞋后跟，磕出烟灰，顿了顿，又往温热的烟斗中填满烟草，动作精确机械，目光茫然。他把视线投向苍穹，还有苍穹之下。荷兰的春天洋溢着新鲜又熟悉的气息。风车臂杆上挂着五颜六色的风帆，鼓鼓囊囊，静静转动。船只行驶在河面上，传来水手简短、粗俗的喊话声。海田连着陆田，一望无际。这样的时节充斥着轻盈的气息，光线中蕴含的澄澈明净，直到白日尽头，那是朝气蓬勃的早晨。异域的国度、崭新的风景和千变万化的色彩注入他的体内，在其记忆深处找到了隐秘的共鸣。一天晚上，他在房间里打开工具，一一检查，准备好两块画布。第二天，他在赞河河堤架起画架。

赞丹赞河（莫奈）

绘画的欲望奔涌而来，他可以同时创作几幅作品，一画就是一整天。他试图区隔开天和水，在两者之间画出河岸，然后添上风车和低矮的房屋。他租下一艘小船，沿运河而行。他担心迷路，因此更是打起精神辨别地标，要在相似之中找出各自的特点。如果是短暂的散步，卡米耶会带上儿子，这短短的路程正适合孩子小小的步子。莫奈和妻子说起工作的快乐，畅想着只要卖掉房间四墙上油彩就快干掉的画作就能赚到钱了。妻子柔声细语、有理有据地进行反驳，使对话陷入了沉默。他把色彩泼洒到白布上，迅速且精准，画出世界，画出他们在这个世界的未来。阳光洒进屋内，他们今天眼中所见和明天即将拥有的都简单、美好、惬意。凭窗眺望，变化不定的一隅天空之下，花园中的鲜花从初春开到秋末，隆冬时节则披上一层银霜。他们在窗前支起桌子，午餐要吃上好久。卡米耶知道晚上的交谈，对莫奈有好处，能让他暂时放下长时间的工作，并且为明天做好准备。她盼望过上安逸闲适的生活，在此之前，她倒是有了门路能赚点小钱，她为赞丹有钱的荷兰人家庭教授法语口语和法国礼仪。

卡米耶的双颊又变得圆润光滑,白里透红。荷兰的夏天抹去了她嘴角忧虑、辛劳的皱纹。她丰满的嘴唇轮廓分明,如春风拂过,印上心底的微笑,她仿佛又回到了穿上绿裙做模特的那段日子,最初的那些夜晚。赞丹的贵妇高大健壮,丰腴的肉体令人艳羡,然而在卡米耶出现后,众人的眼里就不再有她们了。卡米耶看着儿子或莫奈,脸色柔和下来,散发出智慧和优雅,举手投足间不是为了追求效率,而是要和事物达成和谐的关系。她穿着雅致,人们觉得是这位妻子教会了画家丈夫色与形的艺术。莫奈对世界的直觉,在很多方面要感谢卡米耶。

他们在秋天回到了巴黎,大风大雨把莫奈赶出了荷兰这个露天大画室。小家庭定居在熟悉的圣拉扎尔区。他们又联系上九死一生的朋友们,库尔贝银铛入狱,恐怖的春天冷却后留下了痕迹。各处的工地上,工人在清除废墟,开工重建。平底驳船停靠在塞纳河的码头边,卸下新近锯开的白色大石块。铺路工人埋头倒腾砂土地基和花岗岩石块,专

卡米耶

秋天的塞纳河畔（莫奈）

心致志、一丝不苟。脚手架把烧黑的大楼团团围住，泥瓦匠和木匠在上面走来走去，粗壮的女人在拉动滑轮。摧枯拉朽之后是热火朝天的重建。人们已然忘却。巴黎，舔舐着伤口，选择自我原谅。

莫奈画下塞纳河两岸的景色，试图再次和这个城市建立起联系。18岁那年的头晕目眩又向他袭来，不过这次转瞬即逝，程度减轻了。他从火车站对面的旅馆出发——旅馆拜占庭风格的外墙让他想起了诺曼底——一直走到巴黎歌剧院,沿街而下,路过法兰西喜剧院和罗浮宫的售票亭,看一眼日光下烧焦的杜伊勒里宫残骸,停在新桥上,那是他和雷诺阿约会的地点。他有天在卡鲁索广场附近巧遇朋友,雷诺阿的双颊凹陷得更厉害了,如在梦游。他凝视着帝王寝宫的废墟。"你瞧,"他说,手指沿着高墙上熏黑的花边纹饰,描摹出一条并不存在的直线,"那里本来有条马路穿过,就在杜伊勒里宫后面。我父亲在那条路上开了家商店,我就是在那里长大的。我们有时太吵闹了,为了让我们安静下来,阿梅丽王后①就站在窗口,把糖果扔给街区的孩子们。现在什么都没有了。"

工作上倒没什么进展,但他很高兴能在夏尔·格莱尔的画室附近重遇同伴,他们最初就是在那里相识的。新桥的栏杆经过无数前臂和手掌的打磨变得十分光滑,两人倚靠在上面抽烟、聊天,或者坐在咖啡馆的露台上喝一杯红酒。雷诺阿模仿起

---

① 法国国王路易-菲利普一世的妻子。

老师的瑞士口音,还有英国女学生以及其他人的口音。他们聊起最初跑到枫丹白露森林里去写生,肩并肩、画架靠着画架,跑去布日瓦勒,对面就是克鲁瓦西岛上的蛙塘①。女孩浮出水面,湿透的泳衣贴在身上,比起画室中的模特,更加赤裸裸,更加诱惑人。年届三十的他们回味起青葱岁月的欢乐时光,又因为想起弗雷德里克而陷入伤感。战争早早地催熟了两人。雷诺阿仍是单身,日子照旧,他还没有出师,靠着偶尔卖掉一幅画过日子,父母退休后搬到了路维希恩,他有时住在那里,有时在首都的棚户区打游击。莫奈对自己漂泊的生活并不感到难过,他悠闲地走回画室,之后回到旅馆和卡米耶母子汇合。他站在窗前,楼下的行人和旅客往四面八方移动,离开或赶往火车站,莫奈正在修改他在赞丹完成的习作。住在附近的马奈跑来欣赏这些画,十分喜欢。它们都被卖掉了。

莫奈在巴黎感到压抑,卡米耶也日渐消瘦。她

---

① 蛙塘这个地方集划船、游泳、舞厅和餐厅等多种功能于一身。

莫奈的两大悔恨

带着儿子散步的街心小花园过了秋天就变得索然无味。落叶在雨水的冲刷下黑得油光发亮，黄色的小径坑坑洼洼，树木扫过建筑物灰白色的外墙，大门吹得嘎吱作响，这座灰蒙蒙的城市即将进入漫漫冬季。莫奈和马奈的关系越发紧密，他向马奈诉苦，他感到烦恼和压抑，需要田野、大地和天空。从荷兰带回的画布上留下了荷兰夏天动人心魄的美，而回到巴黎后绘画事业再无进展。马奈看在眼里，告诉朋友阿让特伊有处房子要出租。小城距离首都十一公里，从圣拉扎尔火车站乘十五分钟的火车就能到达。

12月的一个周日，莫奈和卡米耶一同去看房。车窗外，过了旧城墙之后，巴黎渐渐消散在田野中。去年冬天的炮击在围墙上留下了痕迹，接着是工厂、工厂烟囱、破房子、窝棚、菜园、菜农用绳子捆扎好的农作物、矗立在小块土地上的簇新别墅。铁道右侧，也就是西边，圣德尼大教堂的尖顶从田野和破屋间冒出了头。最后，火车穿过钢筋铁骨的大桥，飞快的车速把窗外景色卷入"绞肉机"，他们看见了从人工河道中解脱出来的塞纳河。火车第一次穿过塞纳河是在库尔布瓦,那时的它还流淌在奢华的沟渠里,保留着巴黎风范。到了阿让特伊,塞纳河的两岸变成了长满青草的斜坡,河水变得又宽又深,颜色也更绿,有了外省风情,或者说是诺曼底的气质。小火车站的墙上挂着指示牌,莫奈念道:"阿让特伊"。他脑海中闪过一个画面:大风掀起白杨树树叶,无数块金斑照亮了树叶白色的背面。

房子建在火车站边上,这点立马打动了夫妻俩。业主奥布里夫妇也是马奈的朋友。房子就是有产者的简洁风,附带的花园垒起了高墙,园中种植的高大树木恍惚间让人误以为身处公园。这些树木似乎来自那片向北一直延伸到沙诺山上的森林。陡峭的山坡掀起了小城的边沿,葡萄园和一排排葡萄树逐坡而上,最终消失在山顶白花花的山毛榉之间。卡米耶跑过一间又一间的空房。裙子擦过房门,发出愉悦的悉嗦声。莫奈双手背在身后,来来回回地查看窗户,脚步踩上打蜡的橡木地板,传来铿锵有力的回响。一切都合乎心意,他鼻翼翕动。

草地上的午餐(莫奈)

妻子已经看过了所有的房间，厨房、餐厅、将来的卧室，也就是朝向屋后、最大的那间房。睡在那里，就可以在昏暗、温暖的环境中醒来。他畅想了一下入住第一天的黎明，光线洒在地板上，他拔起插销，发出清脆的响声，打开的窗户微微反射出亮光，百叶窗"吧嗒"两声撞击到墙上。日光照进屋子，花园映入眼帘。

奥布里先生带他们参观了花园。植物爬满了墙头，花园看上去比实际面积要大很多。双方都认可，眼前这样的才算得上花园。亲手打理这方寸土地就能满足自己无边无际的梦想。莫奈此刻所见只是一个初冬时节荒芜的花园，但他已经筹划好要做的事。砍掉这棵树，让旁边树木的枝丫能尽情舒展——树叶到了10月初就会泛黄——填平那条被蒲公英侵蚀的没用的石子小径，扩大花坛面积，种上身姿高挑的花朵。所有细节都要细细考虑，但他已然看到了一切。他们当场就定下租约，随后来到隔壁奥布里夫妇的家中喝茶吃面包。莫奈看见马奈的画挂在客厅墙上，而在窗后，马路的另一头，将是真正属于他们的第一所房子。

夫妻俩没过几天就搬了进去。事情很快搞定。夫妻俩只有几件卡米耶父母赠送的家具，几箱衣服、书籍和玩具，还有一些油画，但少了很多。荷兰系列广受欢迎，迪朗-鲁埃尔也在不断买进莫奈的作品。布置屋子的事儿并不急于一时半刻。他们想要漂亮的家具、精美的物件，但要等到荷包鼓起来之后。保持欲望自有乐趣。他们翻阅产品目录，摸着布料，生活在当下，憧憬着未来。

莫奈十分在意屋内的陈设是否符合他的品位，但他交给卡米耶全权处理。他说出自己想要的，不想要的，两人的品位不谋而合。年轻的时候，他们过着极平庸的生活，一切都要精打细算，日常生活能省则省，小心谨慎地龟缩在小家庭里，不敢大胆地说、大胆地想，担心穿堂风和半开半闭的窗户，担心日光以及日光的馈赠。现在，他们唾弃那种谨小慎微的家庭安全感和地盘意识，转而追求大胆和冒险。莫奈一直在规划这座房屋的家居风格：简单的形式、精确的线条、热烈纯粹的色彩，还有空气和光线。

莫奈饶有兴致地逛遍了阿让特伊及其周边。他从火车站的新街区出发,前往老城区,他没有穿大衣,扣紧的外套下面是一件粗毛衣,脖子围了条围巾,一顶奇怪的软帽裹紧脑袋。所到之处,街道越收越窄,两边的房子一边倾斜,一边凸出,似乎带着旧时的友善纷纷向他涌来。他顺着时间长河而上。打铁、擦洗铜器、锯木头、钉钉子,工作的纷纷扰扰从临街的铺子里涌出。画家在呼吸这座小城。他路过石膏采石场,穿过葡萄园,一直走到奥热蒙磨坊。登高望远,疾风劲吹,他在俯视自己的新家:远在一方的巴黎,飘在城头的雾霾,郊区的涂鸦,河流,在他眼前展开的田野,阿让特伊老城的边缘竖起孤零零的工厂烟囱。他看向公路桥和铁路,为了拖住普鲁士侵略者,它们都被破坏了,最近开始重建。供汽车和行人通行的桥梁还在搭脚手架。蒸汽船的气柱在崭新桥面的金属结构和木头支撑之间被分解得七零八落。街区逐一铺开,他认出了新区,铁路边的地块,一小片一小片的灌木丛地里探出一栋栋小楼。他的家就在那里。

画家选择了另一条路线再次穿城而过。他走过教堂，小城中心现世安稳。他买了一份报纸，在咖啡馆坐定，摊开读起来。夜色落在模糊的门窗玻璃上，他感到红酒的热气涌上两颊，四肢在火炉的烘烤下渐渐发沉麻木。四周传来食客高亢的谈话声、玩牌者的欢呼声，这些人有的是工匠、有的是靠微薄年金过日子的人。他重新踏上归程，探索这个全新的世界。回到家时，天已全黑。他推开房门，扑面而来的热浪混合着热汤的香气，这是新近雇佣的厨娘的手艺。厨房里，儿子坐在厨娘对面，摆弄着菜皮，或者一言不发死死盯着阿拉伯风格的装饰。莫奈拨弄起儿子的头发，询问今晚热汤的用料，还有其他菜式。他打算开瓶勃艮第红酒。他放好绘画工具，在客厅找到了卡米耶，她正躺在贵妃椅上看书，那是她购买的第一件家具。他亲吻妻子，隔着丝绸面料，抚摸她那圆润、温软的手臂，然后拨旺了壁炉中的火，添上一块柴火，趁着还没开饭，也从书架上取下一本书。这个书架是他们刚入住就安顿妥当的。莫奈从未感到如此幸福和满足,这并非是因为闲适的家居氛围突然笼罩全家,而是因为他能感到,他和家人即将过上更好的生活,得到生活最慷慨的馈赠:享受世界。

1月的雪下得纷纷扬扬。当晨曦在圣德尼平原上露出微光,莫奈早早出门了。他背上画架和颜料盒,就像去工地和工厂的工人带着工具箱和野炊锅。他也会准备一份午餐,这样就能在选定的作画

圣西米翁的农场积雪覆盖的道路(莫奈)

地点工作一整天了。他画雪景，画无边无际的苍白，还有大雪加诸在物体上的反常阴影。他要加快速度，否则雪就要融化了，日光还有人类活动会把雪弄脏，最后变成一摊泥水。他辨认出融雪的迹象，渐渐泛出蓝色，还有黄色的反光。雪地上的鸟儿看得一清二楚。从巴黎开来的火车头射出幽光，宣告了它的到来。和夜色一同降临的严寒凝固了时间。泛蓝的平原映照着天空，云朵镀上了一层金铜色，耳边只有自己的脚步踩在雪地里的声音、鞋底踩碎冰层的咔嚓声、犬吠声、学生脚踩木鞋的奔跑声。他们呼出一口口白汽。别墅内亮起灯光，流转于窗帘间，又透过窗户，播洒到死气沉沉的花园里。他在家门口停了会儿，看向屋内，那些熟悉的身影在各个房间穿梭，他马上就要和他们团聚了。他站在那儿，如同归家的游子站在门口，在寒冷和黑暗中回味着儿子坚定的小手还有妻子的香吻。

等到天寒地冻、大雪纷飞，再也没法出门时，他就在屋子旁边的车库里工作，那是他的画室。前任房客收拾整理过这间装了玻璃窗的小屋子，那人也是画家，用厚实的黑纸遮住南面的窗户，避免太过耀眼的光线影响工作。搬来的第二天，莫奈就扯下窗户上的遮阳纸，连同腿脚坏掉的矮凳以及旧报纸，在花园深处放了一把火。他打开玻璃窗，隔着蜘蛛网，看到了狄安娜大道尽头的铁路木栅栏。五十步开外的地方，两座桥之间的塞纳河形成了一汪灰色的湖水，人们把这个湖叫作阿让特伊池塘。到了午饭饭点，卡米耶在车库找到丈夫，他灰头土脸地站在画布前，神情肃穆、眼神冷酷，笔尖残留着粉色颜料，不知看向曚昽日光中的哪个点。他只吃了冷饭冷菜。

这次，莫奈回家了，身处他笔下的风景中。他成了集体中的一分子，就像卡米耶和他的儿子，还有阿让特伊的居民、葡萄种植者和菜农、两名公证人、一名药剂师和三名医生、在新竖起烟囱的小工厂里干活的工人和手工艺人、吃年金的人以及紧裹黑色披肩的佝偻老妪，所有人看着法国军队鱼贯而过。他就住在自己的画中，对自己的模特谙熟于心。那位优雅的女性在他的画中留下倩影，手中的阳伞白

花园里的莫奈一家（莫奈）

如云朵，那是他的妻子，在草丛中嬉戏的孩子是他的儿子。他呼吸着笔下的空气，出现在画中的还有他，他的内心世界，他的梦想，万物的美丽。

春天带来了更多的喜悦，充盈着满足感。2月初，天气回暖，他敏锐地觉察出崭新的季节即将来临，南边刮来的风还有温暖的空气令树木产生错觉，涌上第一股汁液。到了2月底，冬天又卷土重来且来势汹汹，把刚露出头的晴朗日子一扫而光，压上层层新雪，冻成结结实实的冰块，似乎再无转圜余地。莫奈重又用上银白色和象牙黑两种颜料，描绘严寒中的阿让特伊。临近4月，他每天清晨都在湿漉漉的花园中观察冒芽的嫩枝、花骨朵，还有最早盛放的鲜花。他找来花匠修剪树枝，清理地皮，并向他求教关于园中花草树木的知识。夜晚，他就着夜灯研究园艺手册，试图从版画中认出那个和蔼的花匠告诉过他的植物。白日渐长，画完画后还能趁着天色没有变黑，去花园里面转上一圈，了解植物的变化，剪下几簇鲜花。

　　莫奈有钱了。尽管他和朋友仍处处碰壁，遭受大众的讥讽和咒骂，但总有些爱画人士能抛开周遭的偏见，开始注意到这些作品。特别是迪朗-鲁埃尔，虽然他的客户鲜少把钱花在年轻画家身上，但他继续用优厚的价格购进他们的作品。他特别看好莫奈。小夫妻有了这位贵人相助，摆脱了拮据的日子，过上了有产者的闲适生活。莫奈在记事本上写下每幅作品的售价。丈夫鼓励卡米耶添置新衣，扩充衣柜，她还热衷收集手套、帽子和遮阳伞。丈夫的画笔和双眼从中发现了新的绘画题材，妻子打扮起来也更来劲了。

小夫妻把儿子交给保姆照顾，两人乘火车去巴黎过上一天。卡米耶要试穿新衣，再去圣拉扎尔区的供货商那里下订单，莫奈则把最新的画作交给迪朗-鲁埃尔，然后去马奈家里看看他正在创作的油画，在画室和他聊一聊工作，询问朋友的近况。他要么和马奈，要么和雷诺阿共进午餐。雷诺阿还是单身汉。老伙计总乐呵呵的，瘦削的身形掩盖在褴褛的衣衫下面，他拿莫奈开玩笑，拿他的财富说事儿，在雷诺阿乐天情绪的感染下，莫奈都快忘了吃大锅菜喝烈酒的日子，还有那如影随形的焦虑感。他现在能为别人买单了，他掏出钱包，换来同伴的致谢。晚上，穿着得体的夫妻俩前往剧院看戏，卡米耶的某个女友会登台表演，接着选一家时髦的餐馆享用晚餐，那里有闪亮的板壁、明亮的镜子和雕花玻璃，还有女演员及其同伴作陪。莫奈很少开口说话,他在听,他在看。他欣赏着妻子美丽的头颅,落在后颈上的深色头发,苍白的脸蛋,圆润的脸颊,温柔的双眸,轻吐话语的红唇。当她倾听时,露出做梦的表情,上唇轻巧地落在下唇上,似乎是为了休息片刻。他们乘马车回到旅馆。早晨,在巴黎的阳光和街头的嬉闹声中醒来。

阿让特伊雪景(莫奈)

日子既然宽裕了,他们也需要和家人分享美好的时光。每个周日,卡米耶的父母带上小女儿热纳维耶芙乘火车前往阿让特伊,来看看小外孙。女主人尽量收敛起心满意足的神情,转而带领母亲参观布置得温馨舒适的房间,向她展示新买的东西,身穿白围裙的女仆会伺候大家享用午餐。之后,他们沿着塞纳河旁的纤夫小道散步。两位女士和少女在屋内喝下午茶,她们看到了窗外的莫奈——东锡厄家本来觉得他一无是处——他现在双手插在兜里,一边陪岳父抽烟,一边陪他逛花园。

巴黎好友来访时,夫妇俩似乎又回到了青年时代。雷诺阿,这个无可救药的浪子,常常不请自来。他的脸瘦得皮包骨头,两眼熠熠生辉,胡子和头发桀骜不驯地翘起,吓坏了小让。不过,这位巴黎老乡的笑话——他还记得儿时在罗浮宫周围和塞纳河码头上与小伙伴做过的游戏,他的耐心,还有口袋里的小惊喜终于赢得了孩子的爱戴。让盼望着雷诺阿的来访,画家一进门,他就冲下楼梯,叫来女仆。莫奈所有的朋友当中,卡米耶最喜欢雷诺阿。她犹记得——那已是十年前——巴齐耶、雷诺阿还有未来的丈夫在常常光顾的啤酒馆里面对女孩时的那种拘谨、内敛。这点最是令她心动。当莫奈开口请她做模特时，她立马答应下来。风度翩翩的巴齐耶最为敏感、羞涩，若是他也向她发出邀请，她也会同意的。当她看见纤长的雷诺阿推开了阿让特伊别墅的边门，她又想起了那个大长腿男孩。

西斯莱夫妇的来访也能让时光倒流。这个英国大好人留着烟草色的胡须，刚刚成家，他的画作还是卖不动，生活仍陷在拮据的泥沼里，莫奈夫妇对此太过熟悉了。卡米耶和西斯莱的娇妻相处愉快，经常邀请夫妻俩来家里做客。莫奈喜欢把自己的作品挂在客厅墙上展出，而那些没干透的油画则放在画室里。他们在餐厅共进午餐，葛饰北斋的木版画把餐厅四墙装点得五颜六色——这是一家之主的得意之作，是他在荷兰时用极其低廉的价格收购来的。午饭结束，莫奈要带朋友去看看他最喜欢的地方：塞纳河边的散步小道、古老的村庄、奥热蒙的斜坡。阿让特伊让西斯莱彻底着了迷，在莫奈家中

鲁弗申的雪(西斯莱)

暂住已经无法满足他，他的艺术才华也在这法兰西岛的一角迸发。这生机勃勃、古老朴实的乡间景色拨动了他的心弦，伴随着工业侵袭和新鲜人口的涌入，小城的外省特质悄然发生了改变。巴黎不断扩张的郊区边界威胁到了此处的乡间生活和景色，维持了百年的和谐之美平添了一分行将消亡的悲怆优雅。他要画下这一切。此时此刻。西斯莱夫妻在春季租下了阿让特伊火车站边上的一栋别墅。

周日的上午，莫奈帮女仆打开餐厅的桌子，铺上洁白的桌布，用手掌抚平褶皱。他一言不发地抽起烟斗，心情愉快地看着女仆摆放餐具，而烧了七个钟头的羊后腿或者焖肉还在用文火慢炖，这是巴齐耶告诉他的菜谱。他调整了一下酒杯的位置，闻着厨房传来的菜香，品尝清早醒来就放在常温下的红酒。他站在窗前，把红酒慢慢灌进长颈大肚瓶，宝石红的酒液从酒瓶流入水晶瓶内，光线在其中舞动。然后，他双手插兜，审视摆满佳肴的餐桌，再过一会儿，宾客就会各就各位，除了他和卡米耶，还有西斯莱夫妇和雷诺阿。

莫奈一家和西斯莱共进晚餐(莫奈)

晚餐后的小憩(莫奈)

卡米耶是雷诺阿喜欢的类型。身形有点消瘦,但双颊有肉。如墨的长发披散在脸的两侧,就像夜色笼罩下的白雪。雷诺阿喜欢卡米耶温柔的嗓音,她的镇定,她的亲切。她也有慵懒、脆弱的一面,但他记忆犹新的是她在困境中表现出的勇气和坚强,刚刚年过二十的她独自生产,照顾婴儿,和父母决裂,而那些时候,她的爱人却是缺席的。他记起卡米耶那种安抚人心的坚韧,莫奈曾因为画作被拒,因为羞辱和贫穷而陷入绝望,在旅馆房间里大吼大叫,把画作撕得稀碎或者一脚踹坏。卡米耶从他的狂怒中抢救回一些作品。现在呢,她有条不紊地处理家庭事务,在女仆和供货商面前树立权威,用自己的理智断然否决丈夫一时兴起的挥霍行为,这些都让雷诺阿感到有趣。沉默执着的爱连接起两人,雷诺阿也乐在其中,就像面对一件赏心悦目的珍物。

她曾向奥古斯特坦白——她会直呼雷诺阿的名字,就像过去把巴齐耶叫作弗雷德里克——比起丈夫的画作,她更喜欢雷诺阿笔下的自己。她当着莫奈的面也说过同样的话,那是在午餐餐桌上,众人刚喝完一瓶酒,主人正在开第二瓶。大家哈哈大笑,但这是事实。除了极少数的例外,她觉得自己从来都不是丈夫画作的主题,而是风景中的一抹倩影罢了。她只有在雷诺阿的某幅作品中才有存在感。雷诺阿凝视着女主人的脸庞,提起莫奈为她画下的第一幅作品就叫作《卡米耶》。尽管沙龙参观者没过多久就给油画取了个别名——《绿衣女子》,但画家仍用那个美丽的名字来称呼这幅油画,一个美丽的名字,在舌尖融化,一个美人儿,两者相得益彰。众人没有留意,他继续说道,他们忽略了主题。假如他们用心欣赏……她在听雷诺阿说话,眼前浮现出祖母绿的丝绸长裙,在镀上了一层金色的黑暗中,模特低垂的双眼熠熠生辉,那个迷人的脸蛋她到现在都迟疑得不敢确认了。雷诺阿宽慰她说,就算是意大利的大师也不会画得更好。他表示,莫奈只会画出他所爱的,他深沉地爱着的;莫奈在格莱尔老爹的画室里啥都没学到,在别的地方也一无所获。唯一能支配莫奈的就是爱,他爱眼中所见,他爱美的事物。"既然胸怀大爱,那他就是个伟大的画家,非常的伟大。"雷诺阿用了寥寥数语,就让卡米耶红了脸。她的确是个特别的人儿。她的某些灵魂本质印刻在了丈夫克洛德·莫奈的油画中。

他们是在寒冷的冬天搬到阿让特伊的,随着春季来临,莫奈留在花园里的时间越来越长。他睁开眼睛就扑向窗户,查看天气和天空。所有人都还在睡梦中,他是第一个起床的,他把黄油面包浸泡在牛奶咖啡里,看着树木渐渐挣脱掉最后的暗影,显露出外形,晨曦的水雾蒸腾而起,日光钻进树枝。他穿上轻便的木鞋,披上破旧的外套,揣上整枝剪、截枝刀还有几段绳子,把衣服口袋弄变了形,再戴上一顶丑陋的帽子,一头钻进花草树木。他要拔掉苗圃边上的绊脚草,搬开小石块扔到小径上,剪除因为霜冻枯死的枝丫。他每次只打算在花园里待上片刻,舒展一下刚从睡梦中苏醒的四肢,根据云朵的形状推测是否会下雨,但每次都会滞留更长的时间。

花园是最有魅力的地方。大地令他的双手跃跃欲试。杂草和石块成了他的执念。每每搬掉一块石头,他就确信为花儿的根系提供了更好的生长空间,它就能更好地呼吸、喝水。他清理干净地上的枯叶,看见嫩芽冒出了湿润的泥地。白色、粉色或紫色,嫩芽钻出地表,指向日光。它们有种簇新的光彩、复兴的活力和新生的娇弱。莫奈既惊又喜,生怕粗鲁的举止会弄伤嫩芽。他用指尖掰开结块的泥土,撒回嫩芽周围,捡起的小石子擦过掌心,为了保护这些未来的希望,他又轻轻地为它们盖上几片树叶。

在花园里就像在画布前,他浑然不觉时间流逝,也没有了时间的概念。悉心呵护草木,面对植物无穷无尽的需求选择恰当的满足,欢欣雀跃地看着自己的劳动成果,或者想象着花园可能的样子,这一切都让他沉醉其中。他在窗台下打造风景,就好像从壮丽山河中截取一小块,归于自己。他杜绝杂乱和荒芜,要把死气沉沉尽快变得生机勃勃,他要在这块弹丸之地上集齐属于他的奇迹。

头一年，他日复一日地观察园中植物，它们都是前任房客栽下的，还有不计其数的花匠和农民先于他在这片塞纳河边的肥沃土地上劳作，园中还有更美妙的意外来客，这些植物的种子随着风儿或鸟儿散落到了各处。一切始于第一束圣诞玫瑰，那时他们刚搬进这栋房子，圣诞节前一天，他在凉棚下采来这束花，在12月25日早晨送给卡米耶。园中还有雪花莲，接着是3月的迎春花、水仙花，4月的黄水仙和郁金香，繁花似锦的5月迎来了玫瑰、丁香、鸢尾、紫藤、萱草。6月，芍药压下沉甸甸的花枝，身姿挺拔的百合散发出醉人的花香，穿过洞开的窗户，充溢了整个客厅，效果堪比一杯勃艮第红酒。长在半荫环境下的毛地黄如同一串串的蓝色水滴，还有赏心悦目的鲁冰花。7月和8月，烈日炙烤下的花园无精打采。花的品种少了，但长得有人那么高。莒兰紧随蜀葵而来，大丽花预示着夏日将尽。随着夜晚和清晨变得凉快，福禄考、金光菊、紫菀、秋牡丹在缤纷色彩中收获了第一批落叶，就这样跨进了11月。然后，又是新一轮的圣诞玫瑰。

花匠在莫奈领地上的劳动并没有夺走画家的乐趣,反而为两人增添了谈资,他和这位阿让特伊的老人侃侃而谈,收获了更多的乐趣。除了画家朋友、卡米耶和厨娘,只有花匠能和他说上三句以上的话。生活富足了,莫奈的肚子在背心下面渐渐隆起,他开始留胡子,看上去就像只毛毛熊,进一步坐实了他在邻居中的名声。他雇佣的花匠身板挺直、精力充沛,皮肤因为露天工作晒成了棕褐色,这是个耿直的老头。卡米耶站在窗边,兴致勃勃地看两个闷葫芦交谈,莫奈把手插在兜里,花匠则倚靠在铁锹柄上,两人宛如一对父子。年纪大的那位动作稳重,年纪轻的那位专注地看着他,别人一看就知道谁是老师谁是学生。丈夫竟然会和外人无话不谈,妻子觉得有趣极了。晚上,她问莫奈两人秘密交谈的内容。"树木的名字,花草的名字。"

莫奈对于园艺的热情也逗乐了朋友。自从开始学画和卖画,"耕耘景色"这个说法,他们是再熟悉不过了,但从没想过有一天它竟会是字面含义。莫奈穿上木鞋踏入花园。朋友们纷纷跑来就为了看

卡米耶

这个，一边大快朵颐厨娘准备的精致丰盛的食物。1874年夏季的某天，马奈在花园里吃完午餐，向朋友借来画布、颜料和画笔。卡米耶坐在树下，展开白裙的下摆，儿子吃饱了萨瓦蛋糕和卡仕达酱，摊开四肢、懒洋洋地靠在妈妈身上。她不希望儿子压住绣花白裙，催促孩子到草地上玩耍，但马奈恳求卡米耶让孩子自由活动。于是，草坪上那个奶白色色块多了一个小小的身影。莫奈受不了光摆姿势不干活，他没法一动不动地待在花园里，除非手头找点活儿干，于是动手打理起卡米耶身边的花坛。马

莫奈一家在花园里（马奈）

奈刚开工,雷诺阿就按响了铁门。马奈眼中的构图随即支离破碎。让蹦蹦跳跳地跑向他的好朋友,莫奈紧随其后,只剩下卡米耶在整理裙子。过了一会儿,孩子同意回去继续摆姿势,两位好友则躲进画室,消失不见了。马奈继续工作。在他的草稿上,房子的主人俯身伺弄鲜花,只留了一个背影——对于马奈来说有点糟——不过也够了。画家想到了补救措施:旁边出现了公鸡和母鸡。把它们养在园子里一方面是为了鸡蛋,另一方面是为了给让找点消遣,并教他一些知识。

代表了公鸡和母鸡的白色、浅褐色和红色色块镶嵌在绿油油的草坪中,在马奈眼中颇为合适。雷诺阿也是这么认为的。他开始创作同样的场景,还隐隐地出现了马奈的身影,这点激怒了马奈(当他发现雷诺阿胆敢画下自己,他大发雷霆)。莫奈站在两位画家身后,帽子扣在后脑勺上,双手插兜,在专心致志地观察这两人,其中一位即将收工,而另一位则刚开始。找虫吃的母鸡咯咯叫个不停,鸡嘴一顿一顿地啄食地面。公鸡从配偶的劳动中分得一杯羹，规规矩矩地跟在后面，暂时停下找食，直起身子，伸长了脖子，抖动羽毛，开始放声歌唱。它那声嘶力竭的叫声传遍了整个花园，还传到了隔壁。这只亮丽的大公鸡已然入了两位画家的画。

小城还有塞纳河的魅力驱使马奈时不时地来叨扰。离莫奈家几步路之遥的地方有个大水塘，帆船及各色木船行驶在水面上，每到周日，赛艇爱好者就会乘上从巴黎出发的火车，泛舟塞纳河，假装自己是在莫尔比昂海湾或是伊鲁瓦兹海。像他这样的现代派画家来到此处，是希望能回溯到久远的源头。此外，莫奈那些已经名声在外的画作也让马奈赞叹，他欣赏这位和他名字很像的画家的绘画手法，莫奈敏感，有创新精神，废寝忘食地投入工作，就像个野人。他的粗鲁在这位长辈面前消失得无影无踪。在马奈看来，莫奈是法国唯一在世的画家，马奈视库尔贝为导师和明灯，可库尔贝已流亡海外，于是他们惺惺相惜。

卡米耶的魅力同样对马奈奏效。她不似马奈笔下的其他女性，鲜活、性感，或高傲、或堕落，卡米耶不一样,她是个好心人,说话有分量。马奈坐在莫奈的客厅里,感到出奇的宁静,摆脱了他也不清楚的桎梏。起初,他将原因归结为这里远离巴黎,乡村的新鲜空气,几乎没有噪声,只有拉货马车的声响,家禽的啼鸣,以及塞纳河的波光粼粼和天空。他有一天意识到他只用理性在思考。他和伙伴聊着天,手中转动的咖啡杯只剩下糖渍,目光落在卡米耶身上,她舒舒坦坦躺在贵妃椅上,正在看书。这位谦逊的女性散发出泰然安详的气场,笼罩着客厅,充溢了时光。并非是岁月令莫奈成熟、睿智——马奈在战前认识的莫奈是个躁动的年轻人,蛮横、热情,天生的画家,但让人难以忍受。一切要归功于这张专注的脸、低垂睫毛下的双眼、抿紧的嘴唇、幸福生活滋润下的丰满肉体,书中的内容似乎打动了她,可她仍旧不动声色。

来到阿让特伊的第一个春天,莫奈买下一艘船,整修过后就能泛舟河上,在两座桥之间顺流而行,不断变换作画的视角。有了这艘浮动的画室,他可以在任何小岛上岸或者随波逐流,直到发现和谐的画面：河岸的轮廓、沙诺山、蒙莫朗西森林、阿让特伊的钟楼、悬挂在水面上的房子、工厂烟囱还有奇妙的天空，这些都攥住了他的视线。接着，他要找个合适的地点下锚，他在船上用木板搭了个简易木屋，还挂了窗帘，能依据晴天或者雨天把窗帘全部拉开或半开或合上。画家支起画布，开工了。他听见人们在水中嬉闹，从河口起飞的海鸥传来刺耳的啼叫，蓝色翠鸟在歌唱。陆上的鸟儿趁着一阵风飞向水面，又胆大妄为地停在船只的护舷板上。蜻蜓神秘莫测地飞行，红眼鱼跃出水面，后面还跟着条狗鱼。当你的心神与肉体和这个地方融为一体，不消片刻，有些声音就会浮现出来，比如：水波撞击船身，河水在陡峭的两岸间流淌，河流的欢声笑语。

莫奈用力划桨，进入他所说的泊船码头。他用力击打水面，想耗尽所有力气，然后扭动脖子、双肩和双臂。他背对刚完成的画作，翻身下腰，感到血液流回了四肢，太阳穴突突跳动，西沉的落日为他的皮肤染上了一层金色。当他把船划回来时，新

游船画室（莫奈）

船上画室中的莫奈（马奈）

的画面又出现了,在他眼皮底下晃动,挣脱。他暗暗记下合适的画面。

卡米耶偶尔陪莫奈上船作画。其实,莫奈受不了流动画室里面还有其他人的存在,从未要她陪伴,但既然她愿意来,他也喜欢。她带上针线活、需要刺绣的布头、一本书,写给朋友的信、遮阳伞,安安静静地坐在横座板上。他一边工作,一边向妻子展示画作,用浅显易懂的只言片语解释他画下的某个细节。变化的光线会突然给周遭的景色带来诗情画意。她可以说出自己看见的,自己感受到的,不用顾忌是否会令丈夫尴尬。两人共同经历的考验、曾经的别离、阻挠结合的障碍,种种不幸,并没有让这对夫妻相看两厌,反而撩拨起欲望之火,一如当初。随时随地,只要一个眼神足以证明。莫奈拉住她的手帮她上船,她借力靠在丈夫身上,接着,她稳住船身,轮到莫奈上船,再抬腿用力一蹬,把船推离了河岸。

在阿让特伊住到第三年,也就是1874年,夫妻俩的生活又拮据了。欧洲爆发金融危机,迪朗-鲁埃尔只能减少购画的数量。莫奈找到了其他客户，可没法补上主要客户削减的那块。他花起钱来大手大脚，账单延期支付的情况愈演愈烈，供货商又像从前那样等得心急了。莫奈夫人还是阿让特伊最优雅的女士之一，丈夫继续下单购买顶级的生肉和熟食，还有好酒。房东失去了信心，他们只能离开这栋房子。

他们在附近租下更宽敞的房子，能更好地接待客人，还有更大的花园能种下更多的鲜花。画家迫于生活压力更加卖力地工作，希望回到原来的状态。他的画比以前贵了，爱画者要斥巨资才能得到一幅"莫奈的画"，他们开始这么称呼他的作品了。卡米耶充满信心，她丈夫经历过更严峻的局面呢！

为了打发那些盯得最紧的执达员，莫奈被迫割爱卖掉那些他本来希望留在身边的画作。但面对纷至沓来的报价，他拒绝卖出1873年在阿让特伊第二年冬天完成的卡米耶肖像。那天，雪下得很大。莫奈在室外工作了一会儿，冻得浑身发僵。他搞砸了两幅画,于是下午早早收工回家,他生自己的气,还生全世界的气。风景拒绝了他。他在门厅脱掉靴子和大衣,让女仆倒一杯热腾腾的咖啡,忽然注意到朝向花园的落地窗后面有个红点在移动。那是外出购物的卡米耶,她穿了件新的毛皮大衣,体验了一下被严寒吞噬的小城缓慢的生活,她是从花园的铁门进来的,身披小红帽款式的斗篷,透过窗户在看莫奈。少妇正准备开门进屋,站在门边的丈夫制止了她的动作,请求她在门外再待会儿。她懂了。她太了解那种眼神。两人的默契早在八年前就结下了,那是在毕加尔广场的画室内,她身上的绿裙是向弗雷德里克·巴齐耶借来的,那是她第一次做模特。

他站在门口通过话语和手势指挥卡米耶摆出不同的姿势,直到碰上合他心意的。她站在两扇落地窗之间,戴了手套的两只手揣在胸前,就像某个畏寒的路人被某样东西吸引,转身向屋内投去匆匆一瞥。她脸色苍白,颧骨因为寒冷冻得通红,那件镶毛皮的大红色斗篷和白雪压枝的树木形成鲜明的对比。他寥寥数笔就画完了草稿。卡米耶哆哆嗦嗦进

红围巾(莫奈)

到屋内，脱下冰冷的衣服，挽起头发，到厨房里面去泡杯热茶。

莫奈在客厅里支起画布，背靠窗户，细细端详湿润的油彩、黏稠的色块。他双眼放光，对结果很满意。卡米耶双手抱住热乎乎的茶杯，在他身后站定。她觉得这幅画很漂亮，因为能看见白雪在屋内的反光，一共两次，一次是屋内真实的反光，就发生在当时当刻的环境中；一次被永远固定在了方寸画布上。他回答说画画是靠直觉和手法，就像那个黄铜把手，他用奶黄色颜料撇了两个短小的逗号，就成了画布中央的点睛之笔。十年前的某个冬日，来自大西洋的云朵一夜之间染白了诺曼底的田野，他在圣西蒙农庄附近画出了落在木栅栏上的喜鹊，他没法向朋友解释他如何惟妙惟肖地还原了那天早晨的景象。完全符合上帝的旨意，这是基督徒巴齐耶的说辞。自此之后，每年的11月底，当雪花纷纷扬扬地飘落下来，莫奈就急急忙忙跑出门外，想再次抓住，正如老朋友所说——但愿他的信仰能把他带回上帝身边——上帝对人类的赏赐。那颗孩童的心为

莫奈的两大悔恨

喜鹊（莫奈）

此欢欣雀跃。莫奈通常对自己的作品都不甚满意，到了第二天就毁了。他在花园一角洒下画布碎片，如同飘落的雪花。偶尔也能发现还算不赖的作品，应该能够轻松售出。人们都喜欢乡间雪景，而在这个午后，在阿让特伊，卡米耶在落地窗后面看着他，他感到再一次完成了杰作，为永恒的人世留下了法兰西岛的一天一夜，第二天就将沾染上污泥。

他一直举着这幅画在看，妻子的脸庞浸润在热茶的水蒸气中。她小口饮茶,身子渐渐暖和起来。是的,园中白雪映照下的乳白色光线穿透了白纱窗帘,它就在画布上。莫奈之后才发现卡米耶的姿势和《绿衣女子》中的如出一辙,娇妻那张动人心弦的脸蛋流露出时至今日也不得而知的忧伤。他曾以为他的爱已到了极点,然而,当他鬼使神差般把冬日的亮光印刻在画布上,他那愈发深沉的爱就再次获取了柔情的力量。卡米耶站在他身后,胸部贴上他的后背。她是对的。自从完成了那幅1月的圣西蒙农庄之后,他再也没有创作出如此美丽的冬景。或许,这幅更美,更动人。他轻声低笑:"你比喜鹊好。"

卡米耶是他的福星。1873年的那场冬雪发生在阿让特伊的第一处寓所中,已然是过去时。但莫奈又一次靠着卡米耶,幸而有卡米耶,走出了困境,富足的生活回来了,夫妻俩再次摆脱了财务的束缚。1875年12月,莫奈来到巴黎一家古董店,老板从一堆时髦的日本工艺品中挑出一件漂亮的和服给他看,红色的丝绸面料,华丽的刺绣勾勒出鲜花、鸟儿,还有一个凶悍的武士脑袋。他租下和服,卡米耶穿上它,为莫奈做模特。莫奈听凭他对异域情调的想象,让卡米耶戴上假头套,于是她有了一头蓬松的金发。她再次摆出了《绿衣女子》和《红围巾》中的姿势。

这次,他的笔法变得沉滞,略微侧向前方的上身凸显出布料下的胯部,令人浮想联翩起跳动的乳房;扭头越过肩膀投来的视线,卡米耶做来浑然天成,却在不经意间夹杂了点俏皮和腼腆、躲闪和爱的信念,这样的卡米耶散发出迷人的魅力。莫奈让她抬起手,挥动一把质量堪忧的三色折扇,让卡米耶的脸冲着未来的买家露出挑逗的神情。这次的卡米耶面目全非了。当他发现问题,为时已晚。创作这幅画用了太多时间,而他们需要钱。房东派来的执达员不依不饶。两人害怕再次遭受羞辱,还有催账单、商人的提醒、仆人的请求、邮递员的来访、花园里的钟形花。他担心自己一时冲动毁了这幅画,也不愿这幅画污了自己的眼睛,于是立马把心血之作交给了画商。莫奈解脱了。

穿和服的卡米耶（莫奈）

画转手就卖掉了，莫奈如释重负，可并不开心。金发日本女人的拍卖价对于他们这批画家而言已经是个极高的价位，就在不久前，媒体把他们这批人一并称为印象派画家。他参加了在德鲁奥酒店举行的拍卖会，躲在光线不佳的角落里。拍卖价越高，他就越发鄙夷竞价者。他也看不起评论界，他们又一次盛赞他熟练的绘画技巧呈现出了和服的雍容华丽。人们喜欢和本人相像的事物，挂毯商的艺术，高尚街区室内装饰家的艺术，马贩子的艺术。他鄙视自己，因为这是他画的。

巨款和纠缠着他的羞耻感没过几天就被账单的涡流吞噬殆尽了。卖画得到的钱仅能平息最执着的债主，而且只是缓了口气。一直拒绝接受订单作画的莫奈，只能往酒里掺水了。好友雷诺阿要讨生活，日子倒是越过越红火，客人发现他善于在画布上抓住女模特最动人的瞬间。有钱人要求雷诺阿为他们的妻儿画肖像，纷纷上门求画，然后把雷诺阿的作品装裱在奢华的金色画框中。这些画占据了富人客厅墙上最鲜艳的位置，家人间的其乐融融令人看得心生妒忌。莫奈为朋友表现出的妥协软弱感到惋惜，这个一同经历了青葱岁月、他唯一以你相称的伙伴乐此不疲地给有钱人画起了肖像。雷诺阿的坚持终是屈服了。莫奈一直只画他想画的，或者更确切地说，他画的是他想达到的。

因此，他和欧内斯特·奥施德结下了友谊。欧内斯特家里经营布匹生意，继承家产后热衷收集印象派的作品，也喜欢和他们来往。他很早就相中了莫奈的才华，在印象派画家中他最为狂野、最有魔力，他愿意出个好价钱买下眼中所见。商人的业余爱好不仅为莫奈带来丰厚的收入，还拉近了和画家的关系。两人成为朋友之后，莫奈就在商人的私人公馆附近画下蒙梭公园的风景，在一条小道的转角上出现了商人妻子爱丽丝的身影，有时独自一人，有时还有孩子陪在身旁。幸好有了欧内斯特·奥施德，其他买家也做了些许贡献，莫奈及其家人才可以不用顾忌开销，继续过着惬意的生活。

莫奈接受了他那个狂热崇拜者的提议，住进他在蒙热隆的房产。那个位于巴黎以南的小镇，依耶

蒙梭公园（莫奈）

尔河而建，莫奈可以在房中挂满大幅的油画，就像前朝遗老的做派。罗藤堡庄园属于路易十三风格，在18世纪和帝国时代经过扩建和翻修，它和其他宫殿、城堡如同点点繁星，镶嵌在法兰西岛的景致中，在这大地一角，和自然融为一体，就像蔚蓝天空中飘过的粉色流云。1875年8月，莫奈、卡米耶和儿子住进了这所宽敞的住宅，度过剩余的夏天。

起初，城堡里的生活令他们感到拘谨。高挑的天花板和窗户、宽敞的房间、地毯、家仆、庭院里的马匹，还有身着制服的马夫驾驶着考究的马车到火车站来接他们，马车内壁上绘有玫瑰花藤蔓交织的图案，这一切把这家人弄得诚惶诚恐。不过，第一次在公园里散完步，莫奈就知道他会在这里工作。他喜欢这儿的树，它们似乎牵绊住了云朵的脚步，他喜欢这儿的树叶，它们挡住了光线。他喜欢这儿的枝丫，它们把白天切割成了碎片。他喜欢庄园低处的池塘，毗邻的河流穿过芦苇荡，在这里汇聚成一潭沉静的水。那是天空之眼，绿莹莹，亮闪闪。那亮光在镜面上散成宽阔的色带，池底的淤泥升腾起暗影。天地万物、雨水、树叶、阳光，在这里交谈私语。他的眼睛能听到。

欧内斯特·奥施德在公园的凉亭中布置了一间画室，莫奈可以在那里不受干扰地工作，这点正中画家的心意。爱丽丝和卡米耶套近乎，领着她把城堡上上下下看了个遍，询问她该如何布置。儿子呢，已经找到了同龄的玩伴——奥施德家的儿子雅克。奥施德家的女儿们年龄稍长，呵护着两个男孩。其乐融融的氛围在第一天就形成了，城堡的奢华又被主人家波西米亚的性格搅得一团乱。他们讲究生活排场，但并不执着于此。一大清早，城堡内洋溢着喧闹声和谈话声。孩子们在走廊里狂奔，一股脑儿地从楼梯上滚下来。衣服扔在沙发上，餐桌底下尽是玩具。仆人得到命令，对他们听之任之，他们就是这座城堡的国王。年轻的奥施德夫妇喜欢奢华。他们俩就像是被宠坏的孩子，无忧无虑，不用未雨绸缪，这是两人的家境赋予他们的特质。

莫奈喝完咖啡，享用完黄油炒鸡蛋和肥猪肉，就像他暂住伦敦时那样，然后前往画室。掩映在绿意中的凉亭于他而言是个避难所，终于逃离了城堡的吵吵嚷嚷、杂乱无章，但他又抱着既惊恐又有趣的心态观察着城堡，就像是站在安静的小艇上看那熙熙攘攘的邮轮。莫奈和城堡主人就作品主题达成了一致。其实是画家提出想法，商人全盘接受。画家需要几周的工作时间；夏天的时间并不够，他需要再订些画布和颜料。莫奈盘算着日程安排，心中充溢着强烈的喜悦,就好像吃客面对一张他刚写下的菜单,但也感到不安,担心无法填满自己的欲望。他说出那些地名,他会用画笔描摹出那些地方,他感到暖洋洋,飘飘然。那些他挚爱的事物的名字流淌在血管里,如同陈年的白兰地。

罗腾堡庄园位于枫丹白露森林和塞纳尔森林之间,是作画的绝佳地点。上午空气清冽,他摆脱了睡意,神清气爽,他的感官又记起了十五年前的早晨,那是在不远处的夏耶。一模一样。夜晚适合游荡,时间不复存在。即使身后传来雷诺阿、西斯莱还有可怜的巴齐耶那年轻的嗓音,他也不会吃惊的。过去那些年,巴黎及其周边城市变得太快,莫奈看在眼里,难受在心里。城郊越扩越大,愈发丑陋。马路上鱼贯而过的是王公贵族的华丽马车以及打猎器具,沿途的小屋都被推倒,重建成接通了煤气的高楼大厦。工厂烟囱从花园和空地间冒出了头,刺入天空,把它染黑。看不到奶牛了。现代城市连同污水,把市民的灵魂丢弃到了城外。

莫奈在罗腾堡庄园重新找到了他的灵魂,这

从未见过的风景却立马令他感到熟悉、亲近。他身处庄园低处,透过阳光沐浴下的树丛,展开画布,想画下城堡的灰色屋顶、装点了浅色石头的红色外墙,一群火鸡此时赶到画布前来回闲逛,它们十分喜欢这位安静的画家。他很快画下了仰视角度的城堡,大块的白色颜料如同军舰飘荡在浮动的绿草地上。周围的树木开始染上红色、褐色,乌云越来越滞重。卡米耶和让在秋天返回了阿让特伊,学校开学了,就像所有的法国学校,操场上铺满了落叶。学校的看门大爷把落叶扫到一起,可秋风或者顽童又把它们撒得到处都是。

用油画布置城堡的工程还差了大半。每幅挂在墙上的画会激发新的念头。一些色彩唤起了更多的色彩,一些风景唤起了更多的风景。欧内斯特·奥施德兴致勃勃,一时兴起提出延长计划,还可以有其他护墙板、其他房门可以挂上油画。莫奈根本不用他开口。潮湿、躁动的11月更新了园中风景。让和卡米耶不在这里,但他们偶尔会回到蒙热隆度周末。此外,他们需要这位大善人的预付金,商人通

卡米耶

火鸡（莫奈）

过汇票把钱汇给莫奈的妻子。莫奈表示没问题。

11月底，他必须离开池塘边了。树木光秃秃的，能从中看见天空。那最后几片叶子，悲怆哀婉，向白云发出了求救信号："等等我们！"寒冷的日光射向水面，只得到晦暗、颓丧、了无生气的反光。晚

打猎(莫奈)

上，莫奈、爱丽丝和他家的孩子围坐在城堡的大餐桌边吃饭。上床睡觉前，莫奈站在客厅的壁炉前，静静地抽烟斗，看那烛光跳动，还有白兰地酒杯杯底跃动的火光。奥施德家的某个女儿坐到钢琴前，蹩脚地弹上一段肖邦或者贝多芬。欧内斯特·奥施德的生意遇到了麻烦，他收到法庭传讯去了比利时，没有和他们在一起，但他挽留画家在蒙热隆过完11月。虽说是秋天，但已有冬天的意味，伴随着初雪来临，莫奈在客厅最后一块护墙板上挂上了一幅狩猎图。项目完成时已到1876年的12月初，奥施德夫人派车将莫奈送到蒙热隆的火车站，莫奈在那里乘火车，再到奥赛火车站下车。他穿过巴黎，在咖啡馆的露天座椅上休息会儿，要一杯啤酒，再乘火车回到阿让特伊。他小口饮下啤酒，眼前是圣拉扎尔火车站、遮盖住月台的三角屋顶、被煤炭熏黑的玻璃。

莫奈对自己要求极高，他清楚自己的价值，相信成功即将到来，一边期待着一边过着入不敷出的日子。父亲死后，卡米耶得到一笔小小的遗产，全

圣拉扎尔火车站（莫奈）

都流进了债主的腰包，就像她凭窗眺望，看见塞纳河河水汇入了拉芒什海峡。莫奈拒绝过节衣缩食的日子，富裕的生活是他苦苦得来的。他需要仆人伺候，妻子也是同样的想法，只有这样，丈夫才能把所有时间花在作画和园艺上。至于卡米耶呢，白皙幼滑的双手、红润柔嫩的脸蛋、温柔睿智的嗓音，全身心地属于莫奈和她自己。

莫奈长期处于不满的状态。偶尔有几个上午，他会放松下来,那是因为前一天完成的画还入得了他今天的法眼。如果觉得作品还行,他就拿给卡米耶看,点评画作,就好像这是另一个人画的。他抱紧妻子,食指指出这个细节,那个笔触,或者颜料厚度恰到好处。莫奈心情舒畅,他贴上妻子的肉体,感到她的小手抚上了他的腰。"你又胖了!"她哈哈大笑起来,讥讽地夹住皮带上方的那圈赘肉。他假装生气,推开她,但没有松手,又把妻子拉回来,继续点评,胜利者的得意混杂着妻子的爱慕,即使手头拮据也无法阻挡这一切。

1877年夏天,局面再也无法维持下去。他们不得不搬离阿让特伊的别墅。离开的决定顷刻之间就改变了莫奈的感官和周遭事物之间的关系。在他的眼中,真实世界披上了一层柔情的外衣,它们抽取"自己的生机",演化成理想的形式,永远地凝固在过往中。他放弃了巴黎的画室,一遍又一遍地按照自己惯常的路线前往心爱的景点,把旧的景物画出了新意。他现在愿意展现时代的变迁,这是前几年的他拒绝看到的:冶金工厂和化工厂的烟囱一年多过一年，团团困住阿让特伊，耸立在圣德尼平原上，越来越浓的废气迟迟滞留在法兰西岛的上空。莫奈咒骂这恶劣的空气，洗衣女工也有同样的抱怨，刚洗干净衣物，一阵风又刮来了铸造厂的黑烟。在这最后的夏秋两季，莫奈画下已逝的幸福，那些景色也将是过眼云烟。他现在意识到过去这些年，他曾在这里牢牢地抓住了幸福。他在阿让特伊学会了生活。在这最后一个夏季，在阿让特伊的家里，卡米耶发现自己又怀孕了。

1878年1月20日，乡间生活六年之后，莫奈和家人返回巴黎，住在爱丁堡街上的一套公寓里，正好处在画室和蒙梭公园之间。过了几周，米歇尔出生了。新生儿既漂亮又健康，但父亲把他抱在怀里并不感到为人父的快乐。卡米耶的身体在怀孕后期每况愈下。他和医生本来希望孩子出生后，她就会好转。现实并非如此。她仍旧腹痛，睡眠不佳，没有胃口，但她从不抱怨，拒绝将婴儿交给奶妈照料，而要亲自母乳喂养。莫奈诅咒妻子受苦的每分每秒，她拍拍他，让他平静下来。为了不让妻子心烦，他努力克制着不咒天骂地。她安慰丈夫一切都会变好的，接着，把苍白的脸转向摇篮里的婴儿。卡米耶似乎更美丽、更动人了，甚过穿绿裙的年代，也甚过在阿让特伊时，白雪皑皑的花园中的她。

莫奈没有可以作画的花园了，他又回到了和雷诺阿、巴齐耶一起闲逛溜达的过往岁月，他把画架绑在背上，肩上挎个颜料盒，步行穿过巴黎的大街小巷，然后是西北部的郊区，直到大碗岛。两公里的步行，用两公里来让灵魂摆脱阴郁的街道，在风景和塞纳河中荡涤干净。他本以为再次定居巴黎，他会重拾青葱，可现在置身大都市，只感到疲惫、蹉跎，还有坏时节的丑陋。他感到自己老了，一事无成，一无所有。对于成功这件事，他意兴阑珊。他朝着作画地点走去，碰见正在等公车或者徒步去各部委大楼上班的公务员，有那么一刻，他生出了妒忌之情。地平线越来越近了，他穿过军事要塞及周围杂草丛生的护墙，恍惚以为风就是从这里刮起的。他穿过诺伊，恋恋不舍地看着私人花园，房子掩映在矮墙或者栏杆后面。塞纳河穿过库尔布瓦桥，终于变得清澈了。他选好地方，支好画架，从这个角度看不见现代化的巴黎，这里的树木在河水的滋养下长得郁郁葱葱，形成了一道幕布，他可以在岛上待一天。晚上，他化身商人，亲笔写信给买家，邀请他们来看一看新作，并出资购买。他给出的价格十分优惠。他要付房租，继续偿还账单，还要支付卡米耶的医药费。

莫奈厌倦了大碗岛，便故地重游，回到了蒙梭公园。春天的树枝抽出了嫩芽，遮住了建筑物正面。他坐在长条椅上，思绪似乎飘到很远的地方。女仆、建筑工人、自由街区的战士们跑来这里呼吸外省的空气，在小路上扬起了尘土。巴黎人在大街小巷中找回了森林，而再走几步路，就能搭乘有轨电车。让这个世界黯然消瘦的冬季，终于结束了。莫奈又可以画下万物的厚度和形状，那是绿色、黄色、红色还有些许蓝色赋予的。

1878年的6月30日，莫奈既没有去蒙梭公园，也没有去大碗岛，而是一头扎进巴黎底层的老城区。居民们为响应共和国政府的号召，兴高采烈地挂起了国旗。这是为了庆祝万国博览会在开春时节在战神广场和特罗卡德罗宫拉开了帷幕。首都重又找回了国家荣誉和万众齐心,巴黎人民在自家窗口挂起了国旗。战败的耻辱、家园被侵略、普鲁士占领者眼中不堪的内战、割让阿尔萨斯和部分洛林地区,面对奇耻大辱,法国人的内心滋生出痛苦的爱国之情。军人受到了山呼海啸的欢迎,一如大革命时期和帝国时代,那是伟大的拿破仑时代。学校墙上的法国地图,海岸线似乎更受青睐。①一旦有合适的契机,卷起来放在家中角落里的三色国旗终于有了用武之地。在工人和匠人聚居的街区,人们不再克制自己的爱国热情,建筑物的外墙铺满了蓝白红三色。在阳台上支起一面漂漂亮亮的国旗,那是高尚街区的风景。这儿的人并不满足于此,他们在窗户口、百叶窗、墙上,只要手能够到的所有地方,都挂满了蓝白红三色接起来的布片和纸片,满眼的蓝色、白色和红色。

---

① 丢失的阿尔萨斯和洛林都是内陆地区。

蒙特格依街道（莫奈）

卡米耶

天气出奇的好。身处某些地方,你会以为是站在大港口的码头上,上百艘的大船紧紧挨在一起,高高低低的桅杆间能看见蓝白红三色的信号旗、军旗、国籍旗迎风招展。莫奈本以为会在国庆节那天看到这样的景象,而现在眼中所见超出了他的期望。他早上只喝了牛奶咖啡,但感到晕陶陶的。一场大火肆虐了巴黎城,抹去了公社运动留下的大部分不祥烙印。在蒙托格伊路、圣德尼路,莫奈和靠在窗口的人们打招呼,询问能否让他在窗前支一下画架,"哦!不会很长时间。"在这特殊的一天,在这全国人民团结友爱的一天,一切都显得顺其自然。窗户和房门都敞开了,他只要选择合适的楼层和角度。莫奈作画时,主人为他送上饮料,大家为共和国和法国干杯。主人说起巴黎围困时的情形,射向普鲁士士兵的子弹,他那时是国民自卫军的一员,上司中尉就死在他身边。莫奈一声不吭,不愿搭话,他在喝酒,视线落在了彩旗上。两幅画没过几天就卖掉了,莫奈本想将其中一幅留给欧内斯特·奥施德,陷入破产的他正被债主追债,但总有办法借到钱来买画，另一幅则给了贝里奥医生，这位慷慨忠诚的收藏家这么多年一直在资助画家。他忧心忡忡地关注着卡米耶的病情进展。

医生们迟迟无法确诊，他们猜测是子宫溃疡，放弃了动手术的方案。这神秘的病痛躲藏在少妇的腹部，有时稳定下来，有时又突然来势汹汹，毫无理由。1878年8月，卡米耶的病情有了缓和，莫奈把家人留在巴黎，自己跑去弗特伊，在塞纳河边的田间作画。他在战前就知道这个小镇，他曾在贝纳库尔——芒特和韦尔农之间的小镇——小住过几天。他顺流而下，又溯时间的长河而上，普法战争之前，他曾在这个地方画过卡米耶，她坐在岸边，背靠大树，蓝色缎带的草帽搁在身边。一场暴风雨令两人落荒而逃。画作差不多完成了，女伴的脸庞只是水中倒影的一个轮廓。晚上，他在下榻的客栈大厅里，就着烛光再次端详画作，发现没必要再多添一笔。少妇就在那里，鲜活地存在于和谐的色彩中，真实得就像站在火炉前的她，同样的蓝条白裙，她举起双手，盘起湿漉漉的发髻，壁炉上的镜

象鼻山西边的象鼻子(莫奈)

夕阳下海里的象鼻山(莫奈)

子映照出她的身姿。水边的下午完完全全地保留了下来。他叫来卡米耶,想让她看下作品,她也表示同意。"别再动它。"

莫奈在弗特伊及其周边的工作效率又快又好。就像在埃特雷塔,他在陡坡之间发现了塞纳河;在阿让特伊,他发现了宽阔的河道边的土路和草坪。油画一干,他就急匆匆地把它们寄回巴黎,画商不费吹灰之力就能找到买家。随着秋天来临,这丰富多彩的景致又会呈现出新气象。他要好好利用。欧内斯特·奥施德来和他会合,这位商人曾在阿尔蒂耶边上的韦克辛森林狩猎野猪和狍子,现在跑来看望朋友,还想看看他从新的土地中收获的成果。奥施德差点儿就甩掉了那些债主,现在轮到他成了猎物。但谁会来这偏僻的山谷、寒酸的客栈找他呢?一天晚上,当第一次点燃秋季的壁炉,火光映照着杯中酒,奥施德在餐厅中轻而易举地说服了一同进餐的画家,他在小镇口上看中一栋待出租的房屋,屋子建在芒特公路上,一边是塞纳河,一边是韦克辛高原的绝壁。这栋房子能住两家人,他的生意会好转，而画家的双眼能从当地景色中汲取灵感。租约第二天就定下了，一切准备妥当，只待所有人在弗特伊再次集结。

莫奈希望卡米耶离开巴黎后能有所好转，起初的确如此。她和爱丽丝一同布置房子，雇佣仆人，和一大家子沿着塞纳河散步，或者穿过林间的陡峭小径，爬上山顶看那漫山遍野的植物。她跟上了大部队的脚步，牵着儿子走在平地上，打开的阳伞徜

散步在阿让特伊附近的海滨公园（莫奈）

徉在天空中，感到自己真真切切地活着。9月初的第一个星期，她告别了青春，也迈入了人生最后的四季。病痛随着雨天卷土重来，到了10月愈演愈烈，只有疼痛偶尔减轻时才感到舒服一点。本以为换了空气，换了环境，病情有了明显好转，卡米耶就能康复，但幻想破灭了，治愈的希望全被浇灭了，她着了慌。有一天，她灌下一杯白酒，酒精灼烧着腹部，把她折磨得死去活来，除腹痛之外又添加了谵妄，她必须卧床。两家人挤在同一屋檐下，妻子在这种乱糟糟的环境中病情没法好转，莫奈看得忧心忡忡，他的世界被搅得天翻地覆，时间一点点逼近，他再也没有未来了。他想回巴黎，那里的医生或许能缓解妻子的病痛，能找到良药治愈莫名的疾病，但这只是想法——莫奈没钱。

初秋，两对夫妻在小镇西边出口处找到了另一栋待出租的房屋，门口的公路通往拉罗舍居伊翁。这栋房子更宽敞，更舒服，可以专门留出一间房给卡米耶静养，忍受病痛。透过二楼的窗户，能看见流淌的河水在小岛周围卷起旋涡，绳子另一头的小

窗口的卡米耶(莫奈)

舟起起伏伏，摆渡船按照既定的路线，在相距不远的两岸之间来来往往。傍晚将近，她眺望对岸的树木，在拉瓦库尔村的方向，落日的余晖烧红了云层和大地之间的狭长天空。卧室被染成了粉色。那是下午茶时间，就像当年在伦敦。爱丽丝端着托盘上楼来找她，把托盘放在独脚小圆桌上。她和卡米耶说说话，天渐渐暗下来。当两人在对方眼里只是壁炉火光映照下模糊的长裙身影，爱丽丝打开灯，退出卧室。

疾病和冬天结伴进入这栋屋子。尽管房屋和峭壁之间隔了一个两臂宽的院子，但屋内很快变得又湿又冷。就算待在面朝公路和塞纳河的房间里，住客也会觉得自己的后背直接靠在了长满常春藤的岩石上。房东埃里奥夫人是位老寡妇，住在悬崖边一栋奇怪的建筑物里，那个小小的城堡又高又窄，就像是塔楼。晚上，两三个窗户透出亮光，如同灯塔耸立在岸边、河边，海水退潮留下了一汪波光粼粼的死水。

莫奈一心扑在工作上。寻找合适的作画地点，将其画下，润色或铲掉颜料，重画一幅。他的指头沾满了颜料，浑身散发着松节油的味道。作画占据了白天的时光。剩下的日子在巴黎度过，或是到处奔走，或是外出赴约，他要尽快把画卖掉。他换了一间画室，就在隔壁马路，租金更便宜。他在画室为潜在的客户展示最新的作品。墙上挂满了弗特伊的风景画，满眼都是秋天的赭石色、棕色和黄色。11月的画，色调更加阴郁，但初雪之后又陡然提亮了。1878年至1879年的冬天来得特别早，天寒地冻，比巴黎被困那年还冷。当年，国民别动队的士兵轮番进攻要塞时，身上裹着绵羊皮，用子弹带和步枪背带勒住，军帽则用格子手绢固定住。景色变得萧索无味。白茫茫的大地，灰沉沉的天空，黑黢黢的树木。动物躲进了洞里。喜鹊和乌鸦都不见了踪影。进入结冰期，巨大的沉寂笼罩住乡野。最细微的声响——偶尔路过的行人匆匆走过，脸冻得通红，呼出的热气在围巾上结起了霜花，树枝落到地上，斧头砍在木柴上，猪躲在猪棚的门后面哼哼唧唧——也清晰得如同金属之间的撞击。寒气开始冻结住河流两岸,日复一日,冻层越来越厚,最终整条河都冻住了。不用多久,人们就可以直接从河上走过去,没有任何危险。小船被拖到了斜坡上,避免船身在压力作用下裂开。学生放学后,天还有些亮光,他们穿了木鞋,跑到塞纳河上去溜冰。夜晚的田间照亮了天空。弗特伊的居民还有其他地方的来客从未见过这种景象。严寒永无止境。人们都以为春天再也不会回来了。

一天早晨,卡米耶感到好点了,想在雪地里散散步。她穿上最好的高帮皮鞋,套上蓝色的毛皮大衣和阿让特伊那件红色斗篷,朝门厅的镜子匆匆瞥了眼,在门口顿了顿,然后朝村子走去。一跨出房门,冷冽的空气就把她冻晕了。她很冷,但腹部的疼痛反倒减轻了,就好像有只狐狸在巢穴里睡着了。她把双手又往皮手笼里面缩了缩,这是莫奈在几天前送给她的圣诞礼物。欧内斯特·奥施德在平安夜也从巴黎赶了回来,身上结了霜,喜气洋洋,一手捧着给孩子的礼物,另一只手臂夹着香槟酒和一筐牡蛎。卡米耶吃了两个牡蛎,勉为其难地喝下半杯酒,她不想扫了大家的兴,丈夫、儿子让还有其他人。她用别针在消瘦的身体上固定住裙子,往脸上扑了些蜜粉,又用刷子蘸了点胭脂涂在脸颊上。她没法坚持到午夜,在爱丽丝的搀扶下上楼休息。餐厅传来平安夜聚餐的嬉闹声。大人没有提高嗓门,但她透过地板能听见孩子们的笑声、歌声、欢呼声。她克制着睡意,细细辨别出让的声音,那是她的儿子,他似乎和所有人一样开心。

卡米耶小心翼翼地走在马路中央,终于走到了这条漫漫长路的尽头。映入眼帘的是闪闪发光的雾凇,能看见客栈的招牌,广场入口和市政厅的一角。她转身走向通往教堂的大楼梯。今天是周日,教区被居民仔仔细细地清扫过。她扶着铁栏杆靠边走,走得很慢——不想惊扰了那只狐狸——每上一级台阶都走得很稳,只会偶尔抬头看向侧门。侧门对着斜坡和村庄,罗马建筑风格的门楣下面,洞开的大眼睛射出铁艺的寒光。她走上最后一级台阶,把斗篷往前额拉了拉,高处的大风有点吹歪了斗篷。雪中的小径被教堂前的广场切断,另一头通向台阶。她停下脚步。神甫的声音铿锵有力,正在举行圣餐礼。拉丁语的祷词伴随着响亮的辅音透过厚实的木门窗传出来。那些话似乎是对她一个人说的,她听明白了拉丁语的意思,想起了儿时的教堂和周日,复活节和圣诞节的盛大弥撒,还有她的领圣体仪式,那是5月的一天,距离现在就快二十年了,只有二十年啊。

卡米耶沿着缓坡继续向山顶走去,一排树木隔开了公墓的围墙和牧场的栅栏。能看见关在木棚里的毛驴,旁边放了一垛干草。起初,它犹豫着是否要跑出来满足下好奇心,最终还是凑上来看了看卡米耶。它看了会儿,蹄子落在卡米耶的脚印上,就像她刚才在大楼梯的台阶上留下的痕迹。毛驴探出脑袋,好让卡米耶抚摸它,尖尖的耳朵不由自主地动了起来,在脑壳上冻得直哆嗦。那双纯良、灵动的动物眼睛,还有脑袋上的耳朵上演的小剧场把她给逗乐了。"你叫什么名字?"她从皮手笼里伸出戴着手套的手,抚摸动物的面额和坚实的两颊。她笑了,看着毛驴用鼻子拱开她的手,在栅栏上来回摩擦。惬意的感觉令它翘起了嘴唇,看上去也像是冲着卡米耶微笑。她后悔没有带一点不新鲜的面包,以前和让散步时她都会这么干。她想到她怕是再也没机会和小儿子米歇尔做同样的事了。再过一个月,他就要满周岁了。

冬天很漫长,气温迟迟没有回升。卡米耶再也没有离开过屋子,她透过窗户看见塞纳河慢慢解冻,田野又换上了绿装。拉罗舍居伊翁的医生每次来给年迈多病的埃里奥夫人看病,也顺道探望下卡米耶,只给莫奈留了个渺茫的希望。妻子患的是子宫癌,分娩时又刺激了癌细胞。康复已然无望,除非有奇迹出现,能终止病情恶化。这种情况有时也会发生,但都发生在老年病人身上,因为癌细胞的生命力比肉体衰弱得更快。卡米耶不再抱有幻想,病痛持续发作,可尽管违背事实,也非她所愿,只要病痛略微减轻就能无端带来一线希望之光。那是医生开出的药剂还有丈夫从巴黎带回的药起了微弱的作用。莫奈有时从芒特乘火车回来,但没能带回想要的药,因为他没卖出画,药剂师也拒绝再让他赊账。病情的发展令莫奈害怕也让他痛苦。在他眼中,妻子成了他笔下经常描绘的幽灵,夜晚的行径潜入白天的举止。他挚爱的妻子的脸蛋和躯体从圆润丰满变得瘦骨嶙峋,从温软变得生硬,从光滑变得粗糙,从柔韧变得僵硬。他看见死亡钻进生者的肉体,将其毁得面目全非。卡米耶在薄唇上略施口红,挤出笑容,这太残酷了。他想起了在拉丁区的啤酒馆里,医学生把颅骨搁在聚餐的桌子上,让上下颌骨叼住点燃的烟斗,再把一顶礼帽压在脑门

疗养院附近的灯塔(莫奈)

上，直到眼眶的位置。

莫奈尽量掩饰自己的焦虑，面对死亡的气息，生者会不由自主地表现出厌恶，但他不太确定是否能瞒天过海，每次都害怕露出马脚。他没有意识到他开始回避卡米耶。万一要面对妻子，这个沉默寡言的人会突然成了话痨，喋喋不休、兴高采烈。他冷静下来，冷不丁地走出妻子静养的房间，跑去润色油画，把情绪都宣泄在画布上，可画作最终成了壁炉里面的柴火。他无力挽救妻子，但他在抗争，那份爱情促使他完成了一幅幅待售的画作。赚到的金钱或许能救她的命。他们能离开弗特伊，离开那栋湿冷的房子，回到巴黎。他可以为妻子找来首都最顶尖的医生，要求最资深的药剂师送货上门。专家或许能提出从未尝试过的手术，医院里双手最灵巧的外科医生会让手术大获成功。他从卡米耶的腹部取出病灶，放在桌上，莫奈画下这个怪物，然后，人们一把火把它烧掉，那令人憎恶的样子就活该碎尸万段。这个臆想萦绕在头脑中，与此同时，他画下了繁花似锦的果园，布满了黄花毛茛的田

莫奈的两大悔恨

果园花开（莫奈）

野，成熟的小麦地里的虞美人，蓝莹莹的塞纳河。他出售美，希望挽回妻子的命。

埃里奥夫人在7月去世了。卡米耶不再离开房间。8月，她下不了床。死亡常驻在这栋房子里。这里的住客不会搞错，他们自有一套准则：安静、半明半暗的光线、缓慢。孩子们像是失去了神采，依从了房里的规矩。欧内斯特·奥施德的事业起起

卡米耶

塞纳河上的韦特伊（莫奈）

伏伏,忙着处理一团糟的生意,还在报馆谋到了职位,他偶尔会寄点钱回来,打发走债主。这些债主不会在死亡面前望而却步。莫奈更加频繁地前往巴黎,并在那里逗留,他有时在画室里工作、睡觉。爱丽丝·奥施地负责照顾卡米耶,准备好药粉,在水杯中调匀。调羹碰撞玻璃杯发出叮叮当当的声响,宛如夜间的小钟。她为病人端来热汤,汤里的食材切成了碎末,她为病人换床单,帮她洗澡,减轻肉体的痛苦。8月中旬,癌症恶化,隆起的腹部因为病痛变成了青紫色,她无法进食,也没法吸收营养。爱丽丝整个白天还有部分晚上都守在垂死的卡米耶的床头,为卡米耶擦拭额头,冰凉的手抚过忧伤的容颜。卡米耶的双眼仍然美丽、闪亮,所有的生机似乎都躲进了眼里,在眼眶深处窥伺着敌人。口中发出奇怪的嗓音,破碎、嘶哑,来自体内深处,让她精疲力竭。疾病似乎对自己的强大沾沾自喜,确信胜利在握,对猎物生出了怜悯之心,于是替代再没有气力的猎物对生者说话。现在,爱丽丝在她面前毫无保留地祈祷,希望驱除临终时可怕的送葬队伍,而不是疾病——对于疾病已无能为力了。让卡米耶孤零零地走向死亡。她苍白的双唇微微蠕动,不再是怪兽在说话了。爱丽丝让大女儿苏珊娜把弗特伊的本堂神甫请来,上个周末弥撒结束后,她就和神甫打过招呼。

8月31日,身穿长袍的神甫离开教堂前往低处的房子。爱丽丝·奥施地在门口等着他,将他引向卧室。午后的阳光穿过百叶窗吝啬地洒下光线，画家笔下的风景挂在墙上，如同这个世界神秘的碎片，而画家的妻子奄奄一息。神甫认出了画中的拉瓦库尔村。从自家窗口就能望到这熟悉的风景，就像教堂钟楼一样，和他保持着一份默契。卡米耶躺在床上，呼吸沉重。神甫隔着被子看到一个几乎不会动弹的人形，似乎被囚禁在了床上。她举起一条胳膊，苍白的肌肤和内衣一个色。神甫拉来一把椅子，坐在床头，俯身凑向蜡黄的脸，只有双眼和秀发还留有青春的痕迹，在往昔的画作中就能看到她的双眼和秀发。她想开口说话，神甫一个安慰的手势让她省下力气。他把手搭在病人的手上，挨着她低语。她眨巴眼皮，表示同意，嘴唇似乎咧出了一个微笑，接着，神甫起身，高声诵唱临终祷词，宽恕她所有的罪孽，并在床的上方，就着垂死者的躯体画下巨大的十字架。

卡米耶剩下的生命还要用很长的时间离开她。生命徒留苦难，药粉、小汤匙搅动水杯发出的叮当声，就像阿让特伊落地窗后面的雪，都无法减缓这撕裂内脏的剧痛。卡米耶活了三十二岁,此时此刻倒憧憬起死亡。她不着急。最后,爱丽丝把孩子带到她身旁,让受到了惊吓,米歇尔刚学会走路,还乐呵呵的。莫奈从巴黎赶了回来,摩挲妻子的手,叫唤她的名字,亲吻她的额头,接着退到卧室的暗影里,一声不吭地待在那儿。爱丽丝把孩子叫到母亲面前。大儿子开始哭泣,他刚刚明白了一切,小儿子也哭了,因为害怕,就照着哥哥依样画葫芦。卡米耶凝望着孩子,积攒起最后的力气,抚摸他们,告诉他们自己爱着他俩。她进入了弥留阶段,没过多久,在9月5日上午离开了人世。

莫奈摆脱了焦虑麻木的状态。痛苦离开了妻子,攫住了丈夫。绝望幻化成了可怖的形状,无来由的愤怒,只是自暴自弃。他感觉自己被撕成了碎片,就像他对待失败的画作。爱丽丝没说安慰的话,这只会激怒他。她尽量把受惊的孩子带离莫奈,但没法控制住他,激动的画家坐不住,摔门而出。她只能让苏珊娜带上帽子和手杖去追他。两个小时后他回到家,脸色铁青,少言寡语,帽子和手杖已被扔进了河里。爱丽丝·奥施地把手搭在他的手臂上。这次,她看见莫奈流泪了,似乎连带着所有力气和怒气都消退了。他搂紧孩子,把小儿子放在膝盖上,喂他吃饭。他像卡米耶一样一边柔声细语,一边小口喂食,最后把他给逗笑了。

第二天,他在爱丽丝的协助下完成了葬礼的筹备工作。痛苦的屈从比昨晚绝望的宣泄更令人触目惊心。爱丽丝负责葬礼,莫奈前往市政厅申报死亡,并为下葬做准备。他给所有熟识卡米耶的人写了信,通知了死讯。贝里奥医生曾为卡米耶看病,总是在画家遇到困难时尽量出手帮他一把,买下他的作品。莫奈请求医生去当铺赎回妻子的一枚颈饰,能在入殓前替妻子戴在脖子上。

遗体放在底楼房间铺好的床上,方便友人一睹卡米耶的遗容。第一个晚上,莫奈没法安安静静地待在死者生前的房间里。守灵的爱丽丝听见他在楼上两人的卧室内来回踱步。画家好像在呜咽,之后归于宁静。莫奈可能累垮了,终于睡着了。第二天晚上,他请求爱丽丝在葬礼前休息会儿,他可以独自和亡妻待一块儿。他坐在扶手椅中，面朝亡妻，端详她那覆盖在面纱之下的容颜。白色的手绢包裹住头部，是为了扶住下颌。嘴唇没法合拢了，微微张开。放在床脚的两盏烛台照亮了妻子的门牙。当困扰莫奈的倦意消散之后，整栋房子还是安安静静的，没有一丝响动。晨曦的灰光钻入房间，令烛光黯然失色。

他半打开百叶窗，让清晨的阳光洒进房间，接着找来一块画布、一支画笔、颜料盘、几管颜料。他在逝者的脚边坐定，膝头抵住床架，画布搁在膝盖上并压住上侧，画下眼中所见的亡妻的音容笑貌。他用蓝色和白色在浮华世界中最后一次画出妻子的脸庞。双颊已经消融，鼻子微皱，紧包住骨头的皮肤在某些地方呈现出灰黄色。莫奈又取来几管颜料，想记录下皮肤里面、血肉里面的腐朽。他曾无数次亲吻那肌肤，曾紧紧拥抱这具肉体。最后，他在画布中央洋洋洒洒地来了几抹绿色，并点上红点，那是他放在亡妻手中的9月的花儿。拉瓦库尔上空的太阳照亮了窗前的马路和河流。莫奈端详他刚刚

卡米耶在殓床上（莫奈）

完成的作品。那微微侧向一边的脸包裹在手绢中，就像当年身穿红围巾的她侧过那张可爱的脸，束发带、合住的眼皮下面空洞的眼睛、张开的嘴吐出最后一口气，脸上露出惊诧的神情，那一丝古怪的笑容不知是冲谁的，他画下了卡米耶的灵魂。他往画布中的地板涂下最后一笔时，听见楼上传来了声响，于是把颜料塞进口袋，用牙齿咬住画笔，手臂夹住还没干透的画布。他要跑到屋子后面，躲到悬崖脚下的洞窟中，把这一切都藏起来。

葬礼弥撒在1879年9月7日的下午举行。莫奈穿着得体，手里拿着大礼帽，带领送葬队伍穿过陡峭的小径，进入教堂。弥撒结束后，亲友再走上百来米的路到达墓地。小径的另一头，草场上的驴子也跑来观礼，还有一大群的鸟儿，在光秃秃的草地里觅食的母鸡。小路的尽头，公墓矮墙根边，墓穴已经挖好。墓园外面的山丘呈陡峭的角度探入塞纳河谷。人们包围在莫奈和让周围，画家牵住儿子的手，奥施德一家人以及一小部分赶来的朋友散布在四周的墓地间。牧师用拉丁语念出临终祷词，当念及卡米耶·莫奈的名字,犹如闪过一道光,养路工及其助手把棺木放入墓穴内。牧师给出最终的祝福,之后,出席葬礼的人们从墓前鱼贯走过,朝墓园的出口走去。剩下要做的就是填平墓穴。时值正午。掘墓人的铁锹铲起混杂着小石子的泥土,雨点般落在棺材上,哗啦啦作响。雄鸡啼鸣。莫奈转过身,河谷阳光灿烂,塞纳河在这里转了一个大弯,形成了一个湖泊,静谧、闪耀。他也该离开了。

克洛德

自画像(克洛德·莫奈)

克洛德

莫奈看着放在桌布上的右手。他有很长一段时间没有数皮肤上的褐斑了。他不记得最早是什么时候注意到了褐斑，起初，他把它们当作顽固的颜料污渍。萨瓦蛋糕的碎屑撒在绣着爱丽丝名字的白色桌布上。莫奈在喝咖啡，别人在说话。如同每个周末，客厅的大桌子周围济济一堂，主人身边聚集了家人还有一两位密友。孩子们——莫奈坚持要等他们在场——一等上完甜点就离开了餐桌，仆人端来咖啡和利口酒。那都不是莫奈的孩子，而是孩子的孩子，或者更确切地说，是爱丽丝孩子的后代。他们吵吵嚷嚷，闹个不停。

那天能到场的亲友都到场了，这是1914年7月倒数第二个周日。今天没有要炖七个小时的羊后腿或者奶油土豆泥，大家在谈论巴尔干半岛危机、国际形势，还有迫在眉睫的战争。男人们重新翻出兵役手册，推测征兵公告发出后踏上战场的日期，是

"第二天"还是"第三天"。天气很好。莫奈一句话也没说,也懒得听。他用手指搓动蛋糕屑,目光穿过打开的落地窗,越过树木,投向蓝天中点点白云。这个时节的树叶进入了全盛期,当阳光太过灼烈或者减弱后,树叶会绿得发黑。多么美好啊!能嗅到盛夏时节田野的气息,还有花儿盛放后草地的芬芳。一只胡蜂钻入屋内,惊扰了女士。某位即将入伍的男士用餐巾给了它迎头一击:"胡蜂!"莫奈露出了笑容。

莫奈看着米歇尔,三十六岁的他尽管留了唇髭,英姿勃发,但酷似母亲卡米耶。年轻人一度陷入迷茫,还好父亲利用人脉让他退了伍。现在,这个散漫的人又在谈论征召入伍的事儿。其他人用决绝的口吻说出自己所在部队的番号。今年年初,疾病夺走了莫奈的大儿子让的生命,战争是否会夺走他的小儿子呢?他在周日特意穿了一套浅色亚麻的西装,经过了数季的寒冬酷暑,衣服有点磨损了。他参加了一个又一个的葬礼:爱丽丝的长女苏珊娜的,还有重组家庭中几个最小的孩子,接着轮到了爱丽丝——他的第二任妻子，那些接连的不幸，还有她的长子雅克懦弱、不端的品行让爱丽丝心碎不已。他没法把她从悲伤和疾病当中拯救出来。1910年的大洪水之后，一种怪病整整纠缠了她一年。不过，她还是有力气来安慰丈夫面对一地狼藉的花园，还有被烂泥覆盖的水塘。餐厅中的黄色有什么用呢？还有瓷器上的蓝边，这些美好的事物传达出的幸福到底为了什么？他是个有钱人了。他不知道自己积累了多少财富，应该有人会蹭他的便宜，仆人呀，画商呀……钱有什么用呢？他可以买下任何他想要的东西，但他无欲无求了。垂暮之年的他看不见了，一个盲人画家！就像那个疯疯癫癫的贝多芬听不到自己的音乐。多大的讽刺啊！他有没有想过要爱惜双眼呢？他曾穷尽目力来探究反射的光线，是否想过塞纳河从他眼前带走的一切？

有那么一瞬间，布兰什把手放到了莫奈的手边。她和让结为夫妻之后，就占据了画家右首的座位。去年冬天，她病重的丈夫回到吉维尼，接受最悉心的照料，但最后仍回天乏术，在父亲身边离开

神奈川冲浪里(葛饰北斋)

了人世,遗孀仍坚持坐在餐桌的右边,中午、晚上,天天如此。她无意取代母亲的地位,使用她的餐具,母亲作为女主人坐在莫奈对面。这并非出于迷信或者谦逊,她只想坐在画家边上,看到相同的景色,感受画家愉悦的沉思。莫奈举起酒杯,布兰什知道他在看什么,越过香气扑鼻的紫红色的葡萄酒,他在眺望疏朗的天空中拖得长长的云彩或者厚厚的云层。她和莫奈都闻到了百合花以及紫藤的香气，四溢的花香漫入室内，和菜香混在了一起。她透过洞开的落地窗看见了葛饰北斋和歌川广重的木版画，更好的景色在地平线之后。

破产的欧内斯特·奥施德在1891年去世，莫奈在和爱丽丝重组家庭前，就已经把她的孩子视若己出了。他尤为喜爱布兰什，她也喜爱他。还是少女的布兰什坚持要陪画家去野外工作，天刚破晓，画家像需要照看家畜的农民一样大清早就出了门。女孩躺在床上注意着屋里的动静，知道画家起床了，

东都名所日本桥之白雨（歌川广重）

在做准备工作。时机一到,她溜出屋子,跟在画家身后。当莫奈发现女孩时,为时已晚,也没法把她打发回家。为了排遣自己的愠怒,他让女孩替他拎些工具。假如缺了某种颜料或者想要再接块画布,布兰什就跑回画室,替他跑腿。她开始在画家边上用铅笔画画。起初,莫奈大发雷霆。可突然有一天,他送给女孩一本写生簿和一盒水彩颜料作为生日礼物,那是布兰什一生中最美好的一天。她抱住画具,站得离画家远远的,生怕画家回心转意。一天晚上,他让女孩拿出自己的作品。他点上烟,坐在木质台阶上,就着温热的余晖,说道:"不赖啊!画天空的时候,笔触再轻点。纸就是天空。尽量不做添加。蓝色,是的,加点粉色,如果需要的话,但尽量少用。事物是相似的,呈现出它本来的样貌,你明白的。"

从那以后,他会带上布兰什一同出门。她推着装满画布的手推车,成了莫奈必不可少的存在。莫奈画下成排的柳树和干草垛,布兰什在离他几十米远的地方支好画架,选择另一个角度作画。他偶尔

草垛（莫奈）

停下手头的工作，跑来看一看女孩的进度。他一边抽烟一边给出简洁的建议，还会用手指在画布上比比画画加以说明。某天，那是值得骄傲的一天，莫奈画下了在吉维尼沼泽地中、面对一排柳树作画的布兰什。她成了出色的画家，即使在画上签下的是结婚前使用的名字，她的画照样卖得出去。她猜到画商会告诉购画者她是莫奈的儿媳从而抬高价钱。此举合情合理。不过，她知道偶尔有人会看上橱窗里的画作，跑去询问画家是谁。那是她的作品，让去世之后，她就封笔了。

她现在负责照料公公，并管理整栋房子。她重情重义，专注认真，照亮了莫奈每天的生活，如同谷仓中那道飞扬着灰尘的光束。布兰什用雷霆手腕，唤回了爱丽丝治家的岁月。有她在身旁，莫奈能集中精力作画，或者伺弄花花草草，他在芳香扑鼻的小道上一边散步一边和友人交谈，在日式小桥上浮想联翩，顺着香烟的青烟望向远方，或阅读或什么也不干。"无所事事，那是最难的。焦虑袭来，进入你的身体，控制住你。但你必须活着，处理无关紧要的事，翻阅画册，轻弹气压计，没来由地开车转一圈，沿艾普特河或者悬崖散步，双手插在兜里，极目追踪远去的雅罗鱼，倾听砸在雨棚上的水滴，研究松鸦飞行的轨迹，因为只有在那一刻，在无所事事的焦虑中，才能真正地作画。"这是他想对人们，对记者说的心里话，但他们会明白吗？布兰什，能。太好了。

1914年春天，儿媳搬回吉维尼，莫奈不再是孤家寡人了，这栋大房子往昔充满了欢声笑语。莫奈又找回了生活的乐趣，尽管视力退化，时不时地会弄错颜色，但他又有了创作的欲望和需求。他尤记得5月的某天，在地下室的墙角找出个大包裹，里面有几十幅没完成的作品。他一幅幅打开，找到了二十多年前半途而废的画作。那是在1897年。那个系列的作品描绘了位于别墅低处、刚刚竣工的池塘。莫奈喜欢把睡莲叫作nénuphar，而不是nymphéa，因为那个优雅神秘的名字会让他想到这种花来自日本。那一年，睡莲第一次大规模开花。他连续数周在池塘边疯狂作画，接着，工作停顿了。

他不太明白其中的缘由。就在那时候，苏珊娜病了，爱丽丝慢慢陷入了绝望的境地。

他就着库房内减弱的光线端详这些睡莲主题的油画，他现在只能承受这样的光线。水中的花儿在粼粼波光中浮动。被树叶过滤后的天空铺满了一朵朵厚实棉絮的天空，或映照在水面上，这些，他从

睡莲（莫奈）

此已画不出来。1910年那场大洪水过后，他重新布置了水塘，而今渐入佳境，完全符合莫奈的梦想。青绿的色调，暗淡的光线将空气和池水融为一体，画家患有眼疾的眼睛沐浴在这样的阳光中，通体舒畅。生灵的另一个维度展现在了他的眼前，这是年轻时候无从获悉的。这是一个更高的维度，他能感知到，因为它为画家的沉思带来了某种从容。这是需要长久的生活累积才能达到和洞悉的境界。二十年前的他已经猜到有某种东西在那里，在等他，但那时还太早。当年的他急不可耐、心浮气躁、千头万绪，过早地陷入了某种执着，可时机未到。现在呢，在这双劳损的眼睛前打开了一个过渡状态的世界，古老得如同创世纪，对他来说却是新的。

莫奈在当天晚上同布兰什讲述了他的感受，语气和用词都焕然一新，那种重新燃起的热情感染了少妇。第二天，他抱着会失望的忐忑心情，和儿媳一同回去看画。前一天的感受立刻回来了，他眉飞色舞地点评起来。他无疑在自己身上找到了可以采掘的全新的富矿。布兰什爱着公公，很高兴能见证老人重燃激情。他挺直了腰杆,蹬直了裤管紧裹的双腿,迈出坚定的步伐,双手雀跃、精准地摆弄画布,一如往昔。他把其中一些画运到水塘前面,大约二十年前他就开始了这项工作。他沉默地观察了片刻,开始动笔。那氤氲、奶油的亮丽颜色连接起画布上早已干透的痕迹。岁月让白色的画布微微发黄,画笔所过之处赋予其今日的鲜活。那种生命力似乎来自画布后面,来自不可见的深处。呈现在他眼前的万物,充满了神秘的生命律动,从湿润的吐纳中喷薄而出缤纷的水雾。

布兰什吩咐完仆人后,前往水塘或者画室看他工作。除了雷诺阿、西斯莱、巴齐耶和马奈这些青年时代的伙伴,以前他只允许卡米耶出现在工作现场。他喜欢,也希望卡米耶陪在身边,但有对她说过,那样他能更沉下心来工作。妻子会平息他的焦虑,令他平静下来。他能感受到妻子的沉静会吸走他灵魂中的忧虑。她善良、慷慨。他不知道该如何对她倾诉,只能报以热烈的爱。现在他懂得了,也会表述了。布兰什没有卡米耶的美貌或优雅,没有那种奇妙的慵懒,没有柔韧的肉体,但她和卡米耶一样为人所爱。

莫奈总忍不住要调侃布兰什的黑纱和黑披肩。让去世后她就一身黑,她寻思着黑色还能削减她庞大的身形,拉长矮胖的身材。莫奈对待布兰什,一如对待她的母亲爱丽丝。爱丽丝善妒又高傲,要求莫奈举止稳重、谨慎,这令他痛苦不堪。布兰什的性格和处境不同,她搬回吉维尼之后还要完全依赖莫奈,自然不会对他有同样的要求。尽管言谈举止改不了粗俗,莫奈在布兰什的眼中却是个坚韧、和蔼的非凡之辈。他要追回逝去的时光。布兰什身披黑纱,为餐厅采来鲜花,提醒屋主烩牛肉或白葡萄酒炖小牛肉已经烧好,马上可以就餐了。眼见妇人进入花园,他喜笑颜开。布兰什的身后跟着一个幽灵。小径转角处,依稀透过玫瑰花幕帘,清浅的身影穿过阳光,隔着花草树木,他恍惚又见到了阿让特伊花园中的卡米耶,她来到吉维尼来探望生者:"还好吗,克洛德?"

爱丽丝有计划、循序渐进地毁掉了莫奈第一任

莫奈的两大悔恨

自画像（卡耶博特）

妻子的所有照片，甚至是卡耶博特①的摄影作品，甚至是儿时的让和母亲的合影，以及莫奈和卡米耶的信笺。画家不反对，也没有试图从爱丽丝的炉火中拯救出些许信物。他并不感到遗憾，也不在意逝者存在过的痕迹。那只是一些泛黄的纸页，往昔的映像如镜花水月，回忆往事泛起的哀伤也往往失了真。他没有去整修过卡米耶在弗特伊的墓穴，其实从吉维尼乘车只需一刻钟就能到那里，他再也没去扫过墓。不过，一等爱丽丝的葬礼结束——这是莫奈最后的伤痛，他立马从一堆画作中找出《红围巾》，把这幅画和其他画作放在一起，就是为了不让第二任妻子注意到。他揭开盖布，把它挂在画室正中

---

① 法国印象派画家，和莫奈、毕沙罗、雷诺阿等均为好友。

间，一进门正好能看见的地方。夏天的每一日，吃完早饭、午饭或者晚饭，当他走进画室，就看见白雪中那道瘦小的身影出现在阿让特伊别墅的落地窗后面，卡米耶扭头望向画家，严寒冻白了她丰润的嘴唇，那双发蓝的褐色眼睛看着他。"要是让爱丽丝看见了，她没准会扭断我的头！"

紧闭的落地窗后面，他的挚爱站在白雪皑皑的花园中，惊鸿一瞥，随即远离。在他眼中，那是全世界最美的画。他拒绝卖这幅画，假如有冒失鬼流露出买画的企图，他就要发火。爱丽丝对于丈夫前任的画作听之任之，不敢发表意见，只希望这些画不要出现在他们的家里，或者她丈夫会将它们脱手。莫奈可不乐意，他对这些油画有一种特别的爱，即使面对爱丽丝他也无法掩饰这份情感。她知道莫奈在自己卧室的床头挂了两幅雷诺阿创作的卡米耶肖像：一幅是在阿让特伊的花园里，卡米耶和让，还有公鸡和母鸡；另一幅，卡米耶的脸光彩照人，嘴角含春。爱丽丝很少走进那间房。她很痛苦，因为她很少出现在莫奈的作品中，而且没有辨

莫奈夫人及其子（雷诺阿）

识度，莫奈一笔带过就算是画出了她的脑袋。画家让她摆出同样的姿势，很多人以为画中人是卡米耶。实实在在的爱丽丝肖像要追溯到遥远的过去，那还是前夫、慷慨的艺术资助人——欧内斯特·奥施德下单的作品，那时的莫奈一穷二白，空有一身无人赏识的才华和美貌的妻子。定居吉维尼后，莫奈和爱丽丝喜结连理，他会为她的女儿作画，但没有她。之后，他不再画人像，笔下只有风景、建筑物、天空和水。

当美国收藏家的金钱哗哗地涌入，莫奈在1889年造了第二间画室，他把《红围巾》和《草地上的午餐》紧挨着挂在一起。这幅巨型油画上同时出现了卡米耶和弗雷德里克·巴齐耶。那个留胡子的男人是巴齐耶，手里拿着伞，头上戴顶圆礼帽站着，躺着的男人也是他。坐在巴齐耶身前的模特拥有一头火红的长发，腼腆的南方青年当时爱上了她。莫奈在不远处又挂上了《花园中的女人》。

这幅描绘了四位淑女的油画曾辗转多地。弗雷德里克去世后，画到了爱德华·马奈手中，他告诉过莫奈交易的过程。1876年，加斯东·巴齐耶来到巴黎勒普勒蒂埃路上的画廊，那里正在举办印象派画家的画展，加斯东战后当选为参议员，他在展出的肖像画中认出了自己的儿子。那是雷诺阿在他去世前三年画的，弗雷德里克穿着拖鞋，在和莫奈共用的画室中创作《苍鹭》。画廊主人为这幅编号224的油画给出了如下说明文字："弗雷德里克·巴齐耶，画家，死于博恩拉罗朗德。"那个时

巴齐耶绘苍鹭(雷诺阿)

代的人都明白这句话的含义。父亲久久端详儿子的肖像画。1870年12月的那天，大雪纷飞，加蒂奈的平原结了霜，掘墓人把儿子的尸体从公共墓穴中挖出来，乖巧的脸庞、光滑的额头、栗色的胡子。画廊看守查阅了清单，告诉父亲这幅画属于爱德华·马奈先生。

马奈则是从雷诺阿手中购入这幅画的，他想记住这个可爱的男孩，这位出色的画家，他死于法军溃败前的最后一搏。这让马奈想起了战争那年的冬天，他当时驻守在被围的巴黎城墙上。从没有这样冷过。马奈轻松做成了交易，用雷诺阿的这幅小作从加斯东·巴齐耶那里换来了《花园中的女人》。显然，这是笔划算的交易。莫奈的那幅画是杰作。蒙彼利埃的巧匠为油画制作了相框，马奈把它挂在画室的墙上，其他作品顿时黯然失色。绣花长裙、树叶、明快的草坪、洒下光斑的沙石小径似乎形成了一个旋涡，能吸收周围的一切。马奈对这次交易很满意，夏日艳阳照耀下，四位少女的倩影唱起了一曲四重奏，来访者看得心醉神迷。他回想起那个

花园中的女人（莫奈）

男人穿着一身黑衣，衣服翻领里插着带有玫瑰结的荣誉勋章。画家看着那位老父亲双手攥住战死沙场的儿子的肖像画，向他靠过来，消瘦、苍老的脸因沉湎于回忆而面目全非。加斯东·巴齐耶不需要别人把画送上门，他用布头包住画，夹在手臂下，直接带走了。回到寓所，他把画放进盒子，钉住盒盖，搭乘火车。他要把画带给妻子和亲友，带回梅里克葡萄园的露台，弗雷德里克曾在正午的露台上画下家人的身影。

爱德华·马奈在1883年去世，莫奈用一幅马奈的画向画家的遗孀换回了《花园中的女人》，将其悬挂在《草地上的午餐》旁边。看着卡米耶的音容笑貌，还有这两幅作于阿弗雷城时期的油画，莫奈觉得他的朋友巴齐耶回来了。他欣慰地发现，尽管时光流转，画面没有变形，只是作画的那个青年，他如今已无从在清晨的镜子中认出来了。那缤纷的色彩依然亮丽、明快，这是他那双眼睛所喜爱的。《草地上的午餐》尤为如此。他曾将这幅画作割成几部分，卷起来，带着它们漂泊流浪，最后当作房钱抵给了一位客栈老板。普法战争结束后，他赎回了画，现在把它挂在宽敞的新画室内最好的位置。建造这间新画室，似乎就是为了陈列这两幅"死里逃生"的巨幅画作，它们曾昭示了画家年轻时代的勃勃野心。"这是为了你，我的老朋友巴齐耶。"莫奈凝望油画，他就出现在了身边。巴齐耶瘦长的身形、青春常驻的容貌，更是反衬出莫奈厚实、矮壮的身板。这样的对比或许会让雷诺阿哈哈大笑吧？

可怜的雷诺阿饱受风湿之苦，只能依靠轮椅活动。他没有出席为了纪念老友弗雷德里克而在巴黎举办的画展。莫奈丧偶之后鲜少出门，尽量减少去首都的频率，这次却坚持出席了。巴齐耶的父母早已过世，莫奈和他的兄弟在开幕式当晚接待了宾客。画家利用他巨大的影响力，尽其所能筹办巴齐耶的作品回顾展，令其成为当季的艺术盛世。政府买下《家庭聚会》，希望法国人铭记这位青年是为了祖国倒在了博恩拉罗朗德公墓墙下，他的热血微微融化了平原上的白雪，他是伟大的画家。莫奈没有发言——他害怕这事——但请来了克列孟梭①,后者声如洪钟,言简意赅地说了几句话。总理提起曾在拉丁区的啤酒馆遇见过年轻艺术家,记得他的脑袋和肩膀高过其他顾客一截,漂浮在烟雾缭绕的海洋中。他提及年轻画家的勇气、责任感,还有祖国的厄运。

莫奈站在边上,双臂交叉盖住背心包裹的腹部。他想起了青年时代,他们的雄心,他们的希望,他们的命运,想起了那些潦倒去世的伙伴。他仿佛又看见流亡伦敦期间的毕沙罗一路小跑穿过马路。定居阿让特伊之后,他去蓬图瓦兹拜访过毕沙罗的农家小屋。他画下眼中所见,比如田间景色,一如意大利大师笔下的圣母像的背景,那是令人向往的简单、宁静的生活。好人毕沙罗有一大家子要养,经济条件最拮据,但就是这人,这个没有客源的画家,曾为莫奈加油鼓劲。他想到了西斯莱,社会的不公和漠视把这位才华横溢的英国画家变得很

---

① 两次出任法国总理,被称为"法兰西之虎"。

乖戾，但他的创作的欲望从未熄灭，手一直很灵巧。直到生命的尽头，他都是先画天空。"你懂的，要先画下变化的东西：蓝色，随着日光变化渐渐暗淡下来，云朵会飘走。天空在我们头上走，我们在大地上走。所以，要从天空画起！"现在，他们的画成了抢手货，巴黎、伦敦、纽约，拍卖价格节节攀高。那些离开人世时还一文不名的画家，莫奈出钱为他们举办葬礼。他自己买下或者让人买下画室内的遗作，以此来接济好友的遗孀和孩子。这位名满全球的画家对画商斤斤计较，对伙伴却慷慨大方。他要让某些人为他之前的潦倒买单，用以弥补其他画家及其家人，他们是有才的人，本不该卑躬屈膝地乞求金钱。当美国人买不起莫奈时，他们转而购买其他伙伴的作品。他抬高了自己的价码，也顺势拉高了朋友的画价。

莫奈给出的不仅仅是金钱，对现在的他而言，钱什么都不是了。他还奉献时间、精力、热情、执着和部分生命。商业上的成功、全世界人民的爱戴还有他的人际网络使他享有崇高的威信，他善加利

奥林匹亚（马奈）

用，为他人服务。1890年，他倡议募捐两万法郎，为马奈的遗孀买回《奥林匹亚》。莫奈此举意在将油画捐赠给罗浮宫，让马奈夫人得到一笔年金，她十分需要这笔钱。莫奈同样希望国家能施加影响，让老友的画得到公众的认可，成为国家遗产的一部分。他写信给所有相识的人，四处筹款，哪怕被他鄙视的人拒绝。他利用老交情，甚至为此和一些老友闹掰了，他做这一切就是为了得到捐款和帮助。

莫奈用了整整一年时间,甚至放下了画笔,窝在画室里处理文件。他一直坐在办公桌后面,回信,计算捐款数额还有承诺的捐款。白天,他就着花园的光线,晚上则坐在灯光下伏案疾书,眼睛用累了,手指沾上了黑色的墨水。罐子里的画笔已干透,胡子和衣服不再散发出新鲜颜料的味道,身上只有烟味。他抽最好的卷烟,早上来一支,晚饭前再来一支,把捐款数再统计一遍。

最小的捐资来自他欣赏的人:富有才华的作家和艺术家,他们没得到应有的认可,生活拮据。金钱和才华之间不成比例的关系令他不安、迷茫。现在的他一掷千金,掷地有声,他能左右省长改变河道规划,让河水流经他的别墅;他能搜罗现代艺术品扩充私人收藏,能让部长、亲王、亿万富翁在家门口耐心等待,难道就是因为他的画现在有价值?那些画之前就一文不名吗?他陷入愁绪,有时会自问,鉴于自己的职责和行为,银行账户上的那些零,还有那些债券和股票,是否只是一场骗局的报酬。他变得和梅松尼尔一样财源广进,后者把拿破仑在奥斯特里茨和滑铁卢战役中的盔甲画得闪闪发亮,用画笔发了大财。如果他江郎才尽,如果他的作品是被高估了,这欺诈得来的钱至少可以为一个伟大的画家做点事。马奈,就是一位伟大的画家。

首先回信的是贝里奥医生。这位行家是个高尚的人,曾替莫奈从当铺里赎回卡米耶为了养家糊口而当掉的颈饰。莫奈在入殓前为亡妻戴上颈饰,嘴唇轻拂过冰凉僵硬的额头。资助者赞同莫奈的募捐理由,并且希望法国能保留画作。在1865年的沙龙展上,它曾被巴黎人民尽情嘲讽,却改变了全世界的绘画艺术。不能让虎视眈眈的美国收藏家带着《奥林匹亚》远渡重洋,离开诞生之地。画家面对这番爱国论调只是耸耸肩,他并不在乎法国的声誉。

1914年的7月,他的视力远不如从前。世界在改变,他也是。最好能避免战争,但既然战争就在眼前,既然德国人想要一战,那就下定决心,但切忌狂热。这次,法国必须获胜。假如再次战败,法国也就完蛋了。共和国也完了,祖国和自由也完了,国家的自由也完了。如果战争失利，国家将卑躬屈膝，一如四十年前，法国将分崩离析，无可挽回。我们要付出几个世纪的骄傲，还有无与伦比的荣耀。阿尔萨斯和洛林无法填满德意志帝国的贪欲，它还觊觎着墨兹河和阿登高地。而今该了结了，德法之间即将开启殊死一战。他和所有人都对此坚信不疑，也和所有人一样希望获得胜利。

尽管莫奈没有鼓励唯一的儿子参军报国，但至少表示同意了。军训期间，米歇尔一身戎装离开军营，前往吉维尼和老父一起过周日。莫奈自豪地站在他旁边，在花园里面留下了合影。两人一边散步，一边谈论士兵这个职业。莫奈欣喜地找回了他早已遗忘的词汇，二十岁的他曾如此稔熟，他那时骑马驰骋，在沙漠中安营扎寨。他说出军戎生涯有关的奇特词汇，细细品咂：军衔、军队、马匹的装备、每天的日程、杂役、军规礼仪。每一个词汇都包含了一个世界，那是他的青春。

在吉维尼的新画室，他不再动笔作画，而是摆弄岁月的见证，一些画、一些物件、一些书籍，他重新取出了身穿非洲轻骑兵军装的肖像,那是青年时代的伙伴夏尔·吕利耶为他画的,当时两人在勒阿弗尔港休假。儿子的军装相形之下太过寒酸,用料吝啬,几乎没有装饰物,如同这场战争,立马露出了冷酷技师阴惨惨的面目,根本没有花里胡哨的心思。9月初,阻止敌人入侵脚步的马恩河大捷还没发生,莫奈断然拒绝撤退到塞纳河以南,他非要爬上村庄的高地去听一听隆隆炮声,村民告诉他能听到。然而并没有听见,除了呼啸的风声。那只是风吹过的声音,很多年之前,他试图通过栽种柳树来再现这种声音。他看见载满了伤员的汽车驶往内地的各处医院。某个有钱的美国艺术家曾定居吉维尼,将部分房产交给政府处理,用于安置伤兵。莫奈为卫生所的后勤处供应自家种的蔬菜,也算出了一份力。十四名士兵在这里养伤,他们喝的汤是由画家提供的。适龄的仆人应召入伍,莫奈用女人和老人来顶替壮劳力。他在吉维尼深深扎下了根,觉得自己也在保护一小部分人,但同时又保持一定的距离感。他又年轻了。

莫奈的两大悔恨

画家向战士米歇尔·莫奈指着那块空地，打算在别墅深处再造一栋新楼。他已年近七十五，彼时战火纷飞，他决定拥有第三间画室，一个十分宽敞的库房，用来实现他说了好几个月的计划。再现池塘睡莲的想法挥之不去，不过这次要把它们挂在更开阔的空间，就像威尼斯教堂墙壁和穹顶上的他喜欢的壁画。1908年秋天，他最后一次和爱丽丝出游，那批油画算不上佳作，有些简直不值一提。威尼斯这座城市并非为莫奈而生，它太过绚丽，太过奢华，太过浮华。整整三个月，他迷失了自我，只打算完成可笑的工作计划。从威尼斯带回的作品不乏求购者。那些大运河、总督宫、圣乔治·马焦雷岛的风景画签上了莫奈的名字就变得炙手可热，最适合那些人傻、钱多又浮夸的家伙。然而，威尼斯潟湖之行给他留下了深刻的印象，在驶往巴黎的夜车上，这种印象伴随着失眠，越来越深。

逗留威尼斯期间，他走进大大小小的教堂，在法国他极少会这样。教堂各有千秋，少了些昏暗，降了些高度，内部宽敞如宫殿。负责建造这些教堂

威尼斯大运河（莫奈）

的建筑师和法国人的想法不一样,他们不愿把奥秘安置在高耸的穹顶中,而是让其萦绕众人,或将其融入光——日光、烛光。上帝不是高高在上,而是伴你左右。上帝显而易见,民众看得一目了然。来到威尼斯见证圣迹的游客不会出没于立柱的森林,而是信步走在空旷的奢华大堂,人群聚集到一起,欢欣鼓舞。穹窿没有迷失在阴影中,而是在头顶呈开放状态,如同一双彩绘的手,壁画上的人物都有健美的身材。莫奈对这些宗教场景一窍不通,但他感到这些画在其周围徐徐展开,在他眼中,那融入了仙境之中的幻象真实又鲜活。他不知道画面讲述的故事,也不会刨根问底,他没兴趣。涡纹的亮丽布料、状似贝壳的云朵、光彩照人的胴体铺满空间,传递给他一种隐秘但可以感觉到的律动。灵体跃入眼中。他目不转睛,伸长脖子,抬高脑袋,似乎灵魂出了窍。

莫奈受到了极大的触动,以前从未想过会这样。运河淡绿色的河水泛起涟漪,倒映出宫殿、塔楼、穹顶、钟楼和贡多拉船。他在圣马可广场、在桥上、在船来船往的窗前支起画架,挽留住风景,可一旦离开了威尼斯,这一切都烟消云散了。然而,早已过世的先人画在墙上的颜色。已留在他的记忆深处,融化在他自己的工作里,深藏在他徒劳的尝试、之前的游客没完没了的评论中。缤纷的色彩为一代又一代的生者呈现出近似不可见的事物,那永恒之光沉淀在蓝色和红色、绿色和黄色之中。他们双眼逡巡,或虔敬或世俗,但全都沐浴在色彩中,在内心留下一丝印记。莫奈和大家都一样。

1915年夏天,第三个画室经芒特专区区长批准,在花园深处建了起来,站在别墅的窗边是看不到这间画室的,画家对此很满意——因为它太难看了,真的就是个丑陋的库房,暴发的农民也不会造这么一个用来安置家畜、摆放设备、储存收成。邻居大失所望,村里住了位大艺术家,最后弄了一个毫无美感的庞然大物。莫奈并不在乎流言蜚语,他只是有些惭愧,这是他一手酿成的风景,但他的视力让他幸免于难了。

一踏进第三间画室的门槛,屋里散发出的锯

木和新鲜水泥的气息,簇新、整洁的画室,就令他有所安慰,让他忘了它丑陋的外观。一个画家从未有过如此宽敞的工作空间,他能随心所欲地铺展、组织巨幅画卷。玻璃屋顶洒下光线,为库房提供光照。屋顶露出天空的多少取决于室内的明暗程度——屋顶安装了滑动的帘子,用于过滤白天的光线。浅米色的窗帘,松松垮垮地合拢,承接住似乎沉甸甸的光线。窗帘底端的绳子可以操控窗帘。墙上还空空如也。水泥地上回响起脚步声,就像在火车站或者教堂内。这是一个全新的作坊,他是工人和工头,建筑师和工程师。他这个粗人充满了感觉,不知用来做什么。他的画水天一色,他借由这些画给了人们一个新视角。

莫奈杵在新画室中央,双手插兜,目光扫过房间的每个角落。如果他在二十五岁时能拥有这一切,他就一定能画完《草地上的午餐》。他评估着空荡荡、光溜溜的四壁的价值。那是多少幅画作,多少个平方米的油画,多少个日子,多少个年月换来的呀!他计划做的事前无古人。空缺的过去,真空的现在,即将填满的未来,一个孤家寡人,一个垂暮老人在内心订下了工作计划。他想起了画笔,想起了温润的油彩,笔尖在调色板上蘸取颜料,一笔一笔,在一片空白上面画下图案。这个动作他已经重复了上百万次,上亿次。

战争爆发后,克列孟梭的来访没有以前频繁。议员和所有人一样本以为这场战争会速战速决,最初几个星期就没有离开过巴黎。1914年12月,再过几天就是一战爆发后的第一个圣诞节,克列孟梭返回位于诺曼底的贝尔努维尔镇的家,打算中途在吉维尼停留片刻。莫奈事先接到电话,很早之前就候着了,他焦急地等待着屋前的马路传来马达声。他每次都坚持亲自为好友开门。克列孟梭进门,拥抱和寒暄之后,脱下长外套,一身轻松,两人一同走进餐厅。克列孟梭揉搓着双手,探头欣赏餐桌上熟悉的银器和餐具。两人坐定,玻璃杯中倒上阿尔萨斯的葡萄酒,浅色的酒光映照在桌布上。莫奈没有让布兰什制定菜单,而是让厨娘准备几份两人都喜欢的简单的农家菜。能一同享受志同道合的趣味,投机地聊天,这就是友谊。餐厅的墙壁选用了黄色,张扬的色彩似乎淹没了家什。画家要把这种感觉植入每个人的心中。双眼品味这份色彩,胃口随即打开。用餐一开始,莫奈让厨娘别把厨房的门关死,他喜欢厨房的声音,还有平底锅中肉和调味汁在灶火的鼓动下的欢唱。要让菜香飘出来,配上奢华、雅致的餐盘,撒上香料,勾起一长串的回忆。那些已逝的、心爱的音容笑貌一直在那里,在这栋屋子里,寄托在美好的事物中,有那么一个契合、完美的瞬间会突然复苏一切。饭吃到一半,甜点还没上,画家端来两杯白酒,缅怀一下战前风俗,这叫作"诺曼底的洞"①,两人一口喝光了白酒,咂咂舌头。最后,厨娘亲自端上蜜饯布丁,宝石红、晶石黄、翡翠绿的糖渍浇淋在英式蛋奶酱上,前政府总理报以热烈的溢美之词。两人双手撑住餐桌边沿,椅子后移,双腿舒舒坦坦地伸直,惬意地叹气。就这么老去吧!

---

① 一种用餐习俗,会在两道菜之间来一小杯白酒。

克列孟梭聊起政治和战局。政府里面尽是酒囊饭袋,只会背诵政党章程,拍选民的马屁。大多数将军的水平也高不到哪里去。德国首脑一路货色,英国人持观望态度,俄国人那是盛名之下,其实难副,有鉴于此,战争会比他预计的拖得更久。几个月,一年,或许更长。两军对峙至今,那要感谢两国的士兵。法国能够获胜,法国应该获胜。共和国需要势如破竹的气势和审时度势的清醒,就像9月初在马恩河上。此外,还需要更多的大炮。德国人就有,法国人英勇地顶住了枪林弹雨。"我认为我们会取得最终的胜利,"克列孟梭说,"因为那是必须的,相较于德国人,对我们而言,这更是生死存亡问题。假如组织得更加得当,我们就一定能获胜,因为我们是最有艺术气质的民族,无论是农民还是工匠,所以我们能认识到眼中所见事物的意义和爱。"

子夜的霜冻凋零了最后一批玫瑰花。树枝头、果园中、池塘边,坚持没有掉落的树叶颤颤巍巍。附近的森林编织起天鹅绒的晦暗,某处显露的古金色表明，那是一棵高大的橡树或山毛榉。花园在两人眼前铺陈开来，黑黢黢的，闪烁着寒露的亮光。旱金莲掩盖不住小径，稀稀拉拉、直挺挺地藏在河岸边的砾石下。"砍了松树，你做得对。"爱丽丝一直反对莫奈的这个计划，她是这些松树唯一的、强势的保护人，她过世后没多久，画家就命人铲除了这两排阴森的松树。离房屋最远的两棵侥幸活了下来，作为对逝者的怀念。"灰雀最高兴了。"他指了指齐根剪断的树枝。半年前，枝头长满了深绿色、柳叶刀形状的树叶，5月的鲜花在怒放。两人仿佛又看见了排列紧凑、质感丰腴的花瓣。刹那间，他们清晰地记起了花香，尽管山谷深处飘来硝烟的气息。莫奈学会了热爱花园，热爱淡季，就像高贵的骑士对待忠诚的伴侣。

修枝的工作开始了，果园里传来砍刀劈砍枝条的声音。人们用新鲜的厩肥部分覆盖强壮的树桩，红棕色的厩肥，消融了冰霜。人们重新为攀藤月季固定支架。两位老人走在小路上，就像走在田埂间，莫奈会让这里繁花似锦的。他创造出一切，并将这一切呈现在众人眼前。每年这个时候，他会做出决定，来年的春季，5月的某天，会有哪些色彩和形态的鲜花竞相怒放，取悦主人及其朋友的双眼。他陶醉在臆想的画面中，就好像已经存在。不过，他无法将记忆复刻到画布上。双眼要看到真实的事物，照片没法协助他作画，但能搅动注入脑中的景象，激起他的欲望，想一遍又一遍地用双眼观察。照片只是塞在书里的旅行纪念。他今天在克列孟梭面前更加健谈，嘴角的香烟随着他说话在胡子间上下抖动——"你的胡子要着火了！"朋友的信任、粗暴而又温柔的脾气，还有潮湿泥土的气息，令这位沉默者有了侃侃而谈的兴致。他说绘画既不是过去，也不是永恒，而是空间和瞬间，风景和时光，是绿色、蓝色、黄色和红色的油彩在密实的画布上留存下来的痕迹。既然无法在所见的那一刻完完整整、真真切切地画下事物，那画就永远不会是它本身。没有一位画家会满意自己的作品。

寥寥数语、沉默、散步，两人重新达成深深的默契。他们走上天桥，穿过吉索尔和韦尔农之间的铁路，那是两人散步途中最惬意的时刻之一。他们在回荡的脚步声中，走过木板天桥，凭栏眺望山谷。村庄从山脚下伸展，蔓延到公路两边，沿着河流和一排排的柳树和杨树，直至被山洪淹没的地方。屋顶上升起袅袅炊烟。冬天让土地变得单调，让色彩变得黯淡，让天空变得沉滞。莫奈品味着一年当中的这个时节，但他不愿再画它，曾经的他会像孩童般心急火燎地冒雪跑到室外。冬季属于灵性，是人类忧郁的写照。那是悬停的时光，回忆的狂欢，此后日照变长，生机在植物、动物和人心中滋长。老友散步的同时会挑起话题，把话头抛给他，画家说出自己的感受，觉得克列孟梭听得懂他的话。在朋友身边——他认准的朋友——他身上的阴霾会随着交谈渐渐散去。

一排光秃秃的树木再也遮挡不住蜿蜒曲折的池塘。花匠每天从池塘里捞起枯叶。那些棕色、黄色的叶子如同帆船，停泊在睡莲组成的绿汪汪的河湾中。进入深秋，清晨掉落的叶子少了很多，染黄了一塘池水，白色的反光一成不变。莫奈和克列孟梭走上日本桥，在紫藤花架下驻足，欣赏池中的鲤鱼。暗淡无光的鱼身缓缓游动，这些滞缓的幽灵在黏稠的绿色池水下面若隐若现。

莫奈在餐桌上谈起自己的计划，他在秋天下定了决心：要重新布置池边小路，继续睡莲主题的油画，但会是大幅尺寸的。他描述起画室的样子，他会挂起在池边完成的油画，并继续润色。他的食指在桌布上用力地比比画画，指甲在上面留下了痕迹。克列孟梭想起了昨天见过的将军，在战争委员会的会议上，他在地图上指出法军下一次的进攻目标，拉出战线，用指尖敲击德军占据的山顶。要是和陌生人对峙，莫奈会更有说服力。

画家清楚建造新画室的目的，但当他试图用语言来表达想要画下的内容时却词不达意。莫奈用手掌画圈圈，抹平画布，他要抹去画室的印记，让梦中的形象盘旋在脑际，试图命名它们，赋予它们真实的颜色。他的动作比语言来得快，语言越是冲突混乱，画家便越是坚定自信。他嗓音拔高，又突然安静下来，因为幻象令他六神无主，最后变成了喃喃自语。克列孟梭听着,挑起了沉默者的兴头。那个将军有条有理,思路清晰。他能走出困局吗?在莫奈混乱的表述中,有些东西经过交谈渐渐成型、成熟。克列孟梭的目光询问着老人,追随着他的手势、他的目光,解读他额头上的皱纹。生命就在那里。克列孟梭站在木质拱桥上,俯瞰池塘,朋友则在池面上挥动手臂,凭空画出一个巨大的圈:"就像这样,你看。"

他那天甚至先于画家本人,明白了莫奈反复酝酿的计划和他的决心,于是加以鼓励。克列孟梭只比画家小几个月,因此可以对他以"老"相称,还会加上各种动物:蟹、熊、驴子、刺猬。莫奈嘟嘟囔囔,心情愉快地骂骂咧咧。无论是在报社①还是在国民议会,这位老政治家都是强势的,他在画家身上也看到了令他兴奋的同样品质。两人就像孪生兄弟,个子矮小,但或许是脾性的缘故,会显得更加高大。岁月压弯了双腿,变粗了腰身,但身板更挺直了。画家

---

① 克列孟梭也做过记者。

和演说家挥动笔直的手臂，敏捷、有力，如同发动攻击的剑客，凌厉、优雅。两人并肩穿过花园，步履缓慢。没人会打搅他们，只会远远看着。奇怪的圆帽帽檐下，忧伤和爱的力量改变了容颜，但有种沉睡的安详。他们在一同做梦。

雨水将两位散步者带回家里。他们走进位于房子尽头的，第一间画室，画家不在这里工作后，就用它来接待来访者。他们看着那些保存的旧画，说上一些奇闻趣事。莫奈端来咖啡，两人喝完后，他把克列孟梭带到楼上的卧室，给他看最新的收藏。只有最亲密的人才能进入他的卧室。莫奈亲力亲为，在墙上和床的周围挂上他最喜爱的画作，有自己的，也有他欣赏的好友的，顺序只有他清楚。卧室内也有年轻艺术家的作品，他有时走在巴黎的马路上，画廊橱窗内陈列的画作会把他深深地吸引住。雷诺阿、卡耶博特、德加、莫里索、巴齐耶、塞尚，这些人克列孟梭很熟悉了，莫奈为他展示了两幅新画，是从新生代画家手里购得的，两人分别

戴帽子的妇人（马蒂斯）

叫作马尔凯①和马蒂斯。年轻人的笔触更加遒劲，线条简洁，色彩不多，但用色更大胆更宽泛，透露出野性的和谐，那种表现力令人击节赞叹，克列孟梭如此评价道。他的脸凑向油画，幸好高鼻子阻止了

---

① 法国画家，属于后印象派、野兽派和立体主义。

他的胡子抹去颜料。莫奈走到卧室另一头去翻找东西。

他从衣橱中取出一幅相当大的油画,转身走向朋友。克列孟梭不知道这幅画,但他立马辨认了出来。有天,为了让好友理解自己绘画的执着和苦恼,或许还有其他的东西,莫奈在一封信中坦承曾在为深爱之人守灵时冷静地画下她的脸庞。就像亲自操刀挖开痛处,他坦然说起那种职业意识,作画直觉,诱使他在爱人的脸上搜寻刚刚出现的色斑,那是尸斑。克列孟梭看着朋友手中的画卷。第一眼看去,占据主色调是灰蓝色,配以大量的白,营造出冬景的效果,又像是阴云密布的天空一角,或者阴暗光线下的流水;再定睛一看,能从第一印象中分辨出某些物体的轮廓,如禁锢在冰下。这里,或许是一束切花;那里,当然了,是某人的脸庞,包裹在手绢里的头颅。皱起的鼻子、合起的双眼和微张的嘴巴被封印在冷色调中,那是安眠在床上的卡米耶。油画下方,画家坚定地签下名字:"克洛德·莫奈",但笔迹略花了点心思。字母t的那一竖上有一摊精心描绘的墨迹，宛如黑蝴蝶驻留在签名上。那是被尖木桩刺穿的心脏。

几个月前，商业部部长和艺术部部长专程来到吉维尼，莫奈应两人的邀请，离开村庄——这事再也不会发生了——前往兰斯去参观那多灾多难的大教堂。这位伟大的法国画家已经誉满全球，在美国尤其受欢迎。作为盟友，法国开始接待美国的团队，人们希望莫奈画下大教堂在历经三年炮火的洗礼之后悲怆的样子，为历史留下了名家之画，它将穿越时光，告诉后人野蛮的行径曾对人类信仰和科学杰作做了些什么。在消防员、专区区长、建筑师的引导下，画家绕着大教堂转了一圈，之后走进仍然雄壮宏伟的建筑物，从断裂的穹顶和空荡荡的尖形拱肋之间能望见天空，人们把完好的彩绘玻璃从尖形拱肋上卸下来，妥善保存好。莫奈见到了一个惨遭蹂躏的大城市，街区躺在残垣瓦砾、烧毁的断梁和石膏灰之上。依然挺立的大楼没了窗户，外墙伤痕累累。士兵穿过清扫过的马路，建筑物内荒无人烟。莫奈坐在政府高官的汽车里，车窗外飞速掠过诡异的景致。送他回家的汽车驶离兰斯最后一个郊区，开上前往巴黎的公路。当车子爬上塔德努瓦山坡，穿过没有被战争摧毁的森林，他感到自己又落到了地上。第二天一早，他站在池塘边，身披大衣，试图用笔尖捕捉晨曦的光芒在水面诞生的瞬间。

莫奈作画的巨大画布是定制的，尺寸合着他的心意来。他给巴黎供货商的颜料订单都是大单子，要整箱整箱地买。1917年年底，无休无止的战争导致物资供应紧缺，食物需要定量配给，他的存货也快用完了，只能找克列孟梭帮忙，后者在同年11月再次出任总理。全国人民现在把他亲切地叫作"老虎"，他在两次视察前线以及和部长、将领开会的间隙，打电话给办公室主任，让他立马办妥此事，并嘱咐道，凡是画家需要的东西，务必送达吉维尼，如有必要，可以征调军队，派军用卡车把作画的工具送到莫奈家里。"莫奈关乎前线。"说完，他挂断了电话。总理每周都会离开巴黎，经由东部公路和北部公路，走进战壕，亲自了解士兵的命运，尝一尝他们的汤和酒，听一听他们的心声。到了周日，他取道西部公路，开向那栋安装了绿色百叶窗的长长的房子，看看克洛德·莫奈的工作进展如何。画家向他抱怨视力衰退，感到倦怠，垂垂老矣，可还有疯狂的计划。克列孟梭默默听着，给他安慰、鼓励和劝告，和他说起战况以及这个国家付出的代价、遭受的苦难，同时询问莫奈儿子的情况，后者驻扎在凡尔登前线。

1918年7月6日，克列孟梭例行巡视前线，这次去了蓬佩尔防御工事，作为保护兰斯的桥头堡，它顽强抵抗住了德军最近的夺城企图。他像每次一样，透过要塞的枪眼，长时间地观察敌军阵线，嘴里骂骂咧咧。接着，他站在要塞的走廊里，和半围在身边的军官谈话交流。停顿的片刻，一名年轻的士兵向他走来。他刚抵达要塞时，有群年轻士兵向他介绍过各自的军衔，那人向他献上一束花，嘴里嘟嘟哝哝地说了几个词。那是香槟平原上的花，本应长在墙头，因为战争流落到了要塞的壕沟里，雏菊、矢车菊、有点枯萎的虞美人，但依然红得鲜艳。

下一个周日，他站在日本桥上，把这一幕讲述给莫奈听，后者则看向池塘，伴随着鱼儿梦呓般的游动，水草摇曳不定。睡莲开花了，一簇簇白色和粉色的火焰令人耳目一新。"那么，是位年轻战士喽？我希望他能看到战争结束和胜利。他的举动或许会为他带来好运。"克列孟梭看着他："我也这么希望，可战争结束前还会有很多人战死，你清楚得很，你比任何人都清楚：那些最勇敢、最善良、最高贵的心灵会率先死去。你记得吧……每天早晨，我都会看见这出悲剧。在他们送来的数据和统计报告中体现不出这些，但我看得见。假如他们在报纸上说出了全部的真相，你也会读到。法国已经丧失了它最好的未来。我们会赢得这场该死的战争，但会付出昂贵的代价。如同这个国家，我每天都死去一点点。"

两人走回屋子，克列孟梭注意到兼作客厅的画室门前随意地摆放着三幅画。莫奈表示，他要让花匠销毁这些自画像，那是几天前的涂鸦之作。克列孟梭拿起一幅，举到朋友面前："这是犯罪！你不能这么干。"识货的总理说了一堆他从三幅画中感受到的美,还有超凡的表现力,肖像在画家的作品中实属罕见。他摆出有力的论据,提到法国和它的荣耀,提到国家瑰宝的神圣性,临了,又说到伦勃朗的亡灵,画家始终不为所动。一方越是生气,另一方越是固执己见,拒绝改变主意:它们就该从地球上消失。"这些画一钱不值,它们不该存在,它们从未存在过。烧了吧!"布兰什听见加大的嗓门,赶紧在他们吵起来之前把两人请进屋里,喝上一杯苹果酒,吃一块奶油圆蛋糕。刚才的事,两人都感到尴尬。到了离别的时候,莫奈把克列孟梭送到家门口。这次不同以往,主人没等到客人关上汽车门,没等到汽车消失在马路的尽头,就先回到屋里去了。克列孟梭没注意,他弯腰钻进车里,发现后座上放着一幅画,而一个小时之前它还被扔在房屋旁边的地上:浓密的胡子、金色的光线、赤褐色的圆脑袋,那是他的朋友。这幅肖像画似乎正从座位深处凝视他。

第二天,克列孟梭亲自把画送到罗浮宫。馆长事先得到通知，在数名助手的簇拥下，在礼堂恭候总理大驾。因为待会儿还要去爱丽舍宫，总理没打算去馆长楼上的办公室，他就在礼堂中和高级公务员简单说了下画的来龙去脉，声音回荡在王宫高高的穹窿之下。他说起自己如何在最后一刻从火中抢救下这幅画，他很遗憾没有救下另两幅，他很喜欢这幅自画像，因为它流露出创作的力量和喜悦。

馆长把总理送上车后，缓步走上宽大的楼梯。他一边往上走，一边端详油画，并没有大发现。他走进办公室，来到窗户边，以便更好地研究老画家那个焕发出力量和生命光彩的脸庞。他把画举到光亮的地方，仔细查看所用的颜料，某处的油彩稍薄，能看见画布的颗粒面。过了会儿，他打铃叫来传达员，让后者去把一名管理员叫来。当同事仔细看完大师的自画像后，馆长问他是不是有同样的发现：嘴角的一笔斜过胡须，流露出苦涩，还有浓密的眉毛下面，老人那双忧伤的眼睛似在避开别人的目光。

莫奈每天都在工作，全力以赴地工作。他不再用"池塘""睡莲"来指代正在创作的作品，代之以"装饰画""大装饰画"①。面对来访者,他表示,相较于先前创作的同一主题的作品,比如,杨树、干草垛和鲁昂大教堂,他现在希望创作大幅的作品,能让爱画者身临其境,走进画中。就像曾经为欧内斯特·奥施德和迪朗-鲁埃尔的客厅创作的装饰画,但要更巨大,更漂亮。这次,装饰画不仅仅是用来装点有钱人的周日和晚会,它会搅动观赏者的心绪,不是作为消遣品,而是吸引他们,让他们沉溺于纯粹的美。他避而不谈最后这幅作品的目的,七十五岁那年,他给自己下了这个订单。他和来访者一同欣赏画作,说上几句话,在空中挥舞的手似在创作一幅无形的画,接着,双手插回兜里,长时间的沉默,最后点燃一支烟。人们不禁有了疑惑,莫奈是否清楚他将去往何方,他到底要做什么。

他的画作无与伦比,这点已无需证明。他是他

---

① 目前中文将睡莲组画称为《睡莲全景》。法语原文为Les Grandes Décorations,因为上文提到说莫奈不再用"睡莲"指代作品,所以这段还是用了直译。

鲁昂大教堂（莫奈）

莫奈的两大悔恨

生活的时代当之无愧的伟大画家,就像文学界的雨果,雕塑界的罗丹。他不再需要金钱。时不时地卖出一幅画足以支付所有开销,而现在的开销也仅限于花园的养护和为数不多的几口人。接二连三的葬礼和战火纷飞中的别离令屋子渐渐人去楼空,但卧室的百叶窗仍然打开,房屋的外墙仍充满生机。莫奈不再关注这些,在大量刚完成的油画中,沉浸在对逝者回忆中的他已然忘却了衰老的忧伤。

1918年春天,德军发动最后的反攻,血染皮卡第大区南部,挺进贡比涅①的瓦兹河畔和秋天峡谷上方的瓦卢瓦森林。人们离开受到战火威胁的家园,在公路上汇聚成逃难大军。如同1914年,耕地的马或者两头牛拉着平板车,上面堆满了家什和床垫,妇女、老人和孩子跟在后面,狗和鸟笼栓在平板车上,这凄惨的队伍穿过吉维尼。莫奈看在眼里,为他们送去喝的,分发面包,但他再一次拒绝离开。他只想待在池塘边,登上山坡,待在新画室的玻璃

---

① 法国城市,位于皮卡第大区瓦兹河畔,位于首都巴黎东北部80公里处。

屋顶下，让画作包围自己。德军可能会推进到吉维尼，但他不会让步，不会逃跑。"去你妈的德国鬼子！"他七十八岁了，腿脚有力，气得哆哆嗦嗦地把烟头扔到了远处。

7月，盟军的反击最终让吉维尼摆脱了危险。战争至多再拖三个月。这足以填满那一眼望不到头的墓地，佛兰德尔、皮卡第、香槟、洛林，这些地区插满了一排排庄严的十字架。11月11日子夜，停战协定最终在雷通代①的林中空地签订，消息第一时间传遍法国、欧洲和全世界。11月12日，莫奈写信给克列孟梭，为了庆贺法国获胜，他要献上两幅《睡莲》。11月18日，动身前往梅斯和斯特拉斯堡之前——两地解放后，警察又开始说法语了，克列孟梭取道吉维尼，接受画家的口头承诺，前来挑选画作，并以国家的名义向他致谢。总理身穿大衣，头戴帽子，脚蹬军靴，站在空旷的画室内，面对墙上被天光照亮的油画，露出尴尬的神色，不知道该如

---

① 法国瓦兹省的一个市镇，属于贡比涅区阿蒂希县。

何挑选,画家操控缆绳放下帘子,慢慢地为这些画染上了一层梦幻,他也在想哪些画会离他而去。两人聊起画作今后的展出场地。那个地方一定要配得上这独一无二的作品。战争获胜、马上能见到儿子米歇尔的喜悦(他活了下来)、洛林和阿尔萨斯又回到了祖国的怀抱、尘埃落定之后的如释重负、巨大的牺牲、无尽的哀伤,千愁万绪将他淹没。两幅画……这个数字于他而言不值一提。一切都将是国家的,《睡莲全景》会留给法国。

克列孟梭走后,莫奈独自一人回到画室。11月的夜晚早早到来。他没开电灯,因为会伤了他有病的眼睛,他用手电筒来照明,那种军官在防空洞和壕沟掩体中使用的手电筒。光束扫过四周的巨幅油画,它们从黑夜中走了出来,这里是棵柳树,那里是云的倒影,三朵春天的粉色睡莲,绿色的池水,模糊难辨的轮廓,可能是张脸,然后,暗夜终结了一切。

创作没有完成。莫奈仍需要时间,国家也需要时间来修建和布置场馆,按照约定,政府应提供

睡莲(莫奈)

合适的场地,向公众展示这些创作中的油画。还要治疗画家的眼睛,他得了白内障。现在,克列孟梭更坚决了,因为他发现莫奈润色作品时常常把画搞糟。但他要好友去看一看专家,他有办法"你必须动手术,我认识一名优秀的医生,医术精湛。"莫奈犹豫了,无法做出决定,担心手术失败,会失去仅存的视力,沦为瞎子。克列孟梭说尽了大道理,最后指出,他是没胆量,他当时根本没必要大费周章建造这个丑陋的画室,也不该启动如此庞大的创作计划。如果他很快都没法分辨黄色和红色、蓝色和绿色,如果他不下定决心,那种情况就不远了。莫奈除了创作《睡莲》,还会画其他作品来调剂和赚钱,克列孟梭看见这些画,明白那种情况已经发生。他没有说出口,不愿徒增画家的苦恼,但画上的油彩越来越厚,就像一锅乱炖的菜,画家的盛名,唉,令评论家难以开口。没人胆敢告诉他那是些丑陋的画。迪朗-鲁埃尔的儿子和他们的父亲一样正直,他们拒绝购买的作品自然有其他人愿意接手,挂上莫奈的大名就能财源滚滚。巴黎和纽约的富人乐意不断加码，只为了在自家的客厅里挂上一幅莫奈的画。他是全球最贵的画家，也是最杰出的，尽管人们不再确定画上所见了。幸好他有头衔。眼疾日益恶化，莫奈最终承认，他的印象混乱了，他的画同样如此。克列孟梭最后一次出马游说，他终于答应做手术。经过数天在半明半暗的环境下强制休养，又因为不遵医嘱和情绪激动延长了数日，他终于恢复了视力，又能辨别色彩了，于是兴高采烈地重新投入工作。

随着重获光明，莫奈对他的创作又变得严苛和不安。他销毁了一大批作品，或是因为那是失败的作品，或是因为他在修改时搞砸了。画室传来低吼声，夹杂着诅咒，大家都躲得远远的。危机过后，布兰什遵照公公的指令，割下一小块被判死刑的画作，交给花匠烧毁。只有她能推迟一天行刑，抢救下某幅作品，这种情况会发生，但极少见。巅峰和低谷总是交替出现。

1926年年初，莫奈大功告成。国家这边，经历了种种波折和变数——由于莫奈的犹豫不定和各种要求,终于完成了自己的承诺。在已经不复存在的杜伊勒里宫附近,负责接收《睡莲全景》的橘园美术馆遵照画家的指示,做好了准备工作。墙壁的石灰已干透,洁白、整洁。他在和政府签订的合同中又追加了一个条件。《睡莲全景》由五十多幅作品组成,每幅大约四米长、两米高,由画家捐赠给国家,附带条件是国家出资向其购买私人收藏中的《花园中的女人》,并且在巴黎的中心——罗浮宫内,和全世界的杰作一同展出。

掌管艺术的高官没有任何异议。这是一幅优秀的作品,是法国艺术的瑰宝,画面中那些裙子、玫瑰、优雅的少女,是和世界慢慢地建立起联系并开出奇迹之花的完美艺术。博物馆的工作人员可以滔滔不绝地说上好久,让众人明白这幅油画美之所在、画家神乎其神的画技以及构思和技法的匠心独具。只有克列孟梭知道,这幅巨大的油画中卡米耶出现了三次:两次露脸,一次侧影,而远景中那第四个身影是弗雷德里克爱过的女孩;只有他知道,六十年前,弗雷德里克·巴齐耶买下青年莫奈的作品，他的好友才不致饿死，巴齐耶把画送回家里，他的双亲把它挂在蒙彼利埃山顶的别墅客厅内。1870年12月，入葬的前一晚，父母就在油画下面为儿子守灵，这位年轻的少尉战死在博恩拉罗朗德。

1926年夏末，《睡莲全景》仍存放在吉维尼的画室内。莫奈不再碰它们，只是每天来看一看，欣赏这些画作。他拜托克列孟梭，希望部长和官员能再等等，后者已经满足了画家提出的各种要求和心血来潮的提议，做好了所需的准备工作，只待将画作放入画框，举行开幕仪式，将美术馆介绍给媒体，对外开放。莫奈对此根本不在乎。他把作品交给法国，并不是因为现在有几百万人叫"弗朗塞"①，而是为了一百五十万没有从战壕归来的年轻人——他们在1870年替他而死，是为了成千上百万曾在这片土地上爱过、苦过、奋斗过、梦想过的男男女女。在风云变幻的苍穹之下，他们将这世界一角改造成了人类最美丽的作品之一，最漂亮的花园。

---

① 音译，原文为Français，在法语中也意为"法国人、法国的"。

生命的最后几周，莫奈不再谈论绘画，他说起树木、水果的滋味、最后盛放的鲜花、秋天潮润的空气中升腾而起的烟雾。只要不下雨，布兰什每天陪他走到池塘边，让他坐在柳条椅中，肩上盖着披肩。柔顺的柳条编织成的椅子因为承接了重量而嘎吱作响，微微变形，画家已经瘦骨嶙峋了。他不再抽烟，尽管烟草熏黄了胡子。他叹着气，沉默不语。巴黎驶来的列车，于他而言，是在告诉他远方的生活。他长时间一个人独处，看那水中的云千变万化。当寒意袭来，他就慢腾腾地挪回屋里。11月底，虚弱的他卧床不起。他在12月5日去世，那是一个周日，临近下午一点。三天前，克列孟梭来吉维尼，见了他最后一面。花园和屋子都静悄悄的，卧室中散发出椴花的香味。好友问他有没有难受，他摇摇头。